설탕의 맛

설탕의 맛

2014년 2월 24일 초판 1쇄 발행
지은이 · 김사과

펴낸이 · 박시형
책임편집 · 최세현 | 디자인 · 김애숙

마케팅 · 장건태, 권금숙, 김석원, 김명래, 최민화, 정영훈
경영지원 · 김상현, 이연정, 이윤하
펴낸곳 · (주)쌤앤파커스 | 출판신고 · 2006년 9월 25일 제406-2012-000063호
주소 · 경기도 파주시 회동길 174 파주출판도시
전화 · 031-960-4800 | 팩스 · 031-960-4806 | 이메일 · info@smpk.kr

ISBN 978-89-6570-189-7(03810)

• 이 책의 국립중앙도서관 출판시도서목록은 서지정보유통지원시스템 홈페이지(http : //seoji.nl.go.kr)와 국가자료공동목록시스템(http : //www.nl.go.kr/kolisnet)에서 이용하실 수 있습니다.
(CIP제어번호 : CIP 2014004803)

• 잘못된 책은 바꿔드립니다. • 책값은 뒤표지에 있습니다.

설탕의 맛

김사과 에세이

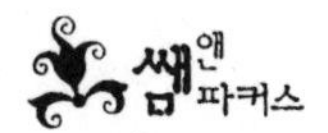

많은 사람들이 자신이 태어난 도시를 경멸하면서도 떠나지 못하고 그 곁을 맴돈다.

아니, 그것은 거짓말이다.

우리들은 떠난다.

좀 더 많이 좀 더 멀리 떠날 것이다. 우리들은

더 이상 하루에 세 도시를 돌아보는, 행군 같은 여행이 아니라,

머무는 것인지 떠나는 것인지 알 수 없는 길고 임시적인 이동에 익숙해질 것이다.

우리는 가능성에 머무는 영혼을 소유하게 될 것이다.

땅에서 한 뼘쯤 뜬 채로, 도착을 영원히 지연시키며, 계속해서 다음 목적지를,

또 다른 임시거처를 찾아 헤매는 그 발걸음을

우리는 멈출 수가 없다.

세계가 우리에게 그것을 원하므로.

아니, 우리의 마음이 그것을 원하므로.

차례

일러두기

- 본문 중 책 제목은 《 》로, 논문과 잡지명은 〈 〉로 표시했습니다. 책의 경우 한국어판이 출간된 책은 한국어판의 제목만 표기했고, 그렇지 않은 경우는 한글로 직역한 제목과 영어로 된 원서 제목을 병기했습니다.
- 영화 제목과 노래 제목, 드라마 제목, 뮤지컬 제목, 미술 작품명 등은 ' '로 표시했습니다.

서문

이천칠 년식 에이치 앤 엠 스타일

내 아버지는 1960년대에 한국을 떠나 1980년대에 돌아왔다. 정처 없이 떠돌아다니던 아버지가 한국에 돌아왔을 때 그는 공식적으로 존재하지 않는 사람이 되어 있었고, 수상한 사람으로 여겨져 안기부 직원들의 방문을 받기도 했다. 하지만 돌아온 뒤에도, 결혼을 하고 내가 태어나고 나서도 끊임없이 떠나고 돌아오고 다시 떠나기를 반복했던 그는, 어린 나에게 거실에 널린 공항 면세점의 듀티프리 쇼핑백, 냉장고를 꽉 채운 수입식품들, 책이나 텔레비전에서는 결코 들어본 적 없는 흥미진진한 외국 얘기를 의미했다. 하지만 국산품 애용이 국가적 캐치프레이즈였던 시기, 국산이라면 김치나 된장찌개밖에 취급하지 않는 집안 분위기는 나 자신을 떳떳하지 못한 한국인으로 느끼게 했다. 집을 나서면 완전히 다른 세계가 펼쳐졌다. 다른 법칙이 통용되고 다른 상품들이 놓여 있었다. 사람들은 다른 방식으로 이야기했다. 그것은 한국이었고, 그러나 마치 외국 같았다. 나는 자주 두 세계 사이에서 혼란에 빠졌다.

하지만 내가 실제로 긴 여행을 떠나게 된 것은 스무 살이 훌쩍 넘어서였다. 2007년 한국문화예술위원회로부터 젊은 작가를 대상으로 한 해외여행 경비를 지원받았다. 별 기대 없이 한 지원이라서 목적과 장소를 되는대로 지어냈다. 목적은 장편소설 집필, 장소는 뉴욕이었다. 고작 두 편의 단편소설을 발표한 데뷔 1년차 소설가였던 나는 솔직히 그때 장편소설을 쓸 계획이 전혀 없었다. 뉴욕을 선택한 이유도 단순했다. 굳이 내 돈을 들여서 가지 않을, 가장 비싸고 화려한 도시를 택한 것이었다. 한마디로 그건 농담에 가까웠다. 하여 얼마 후 지원대상에 선정되었다는 소식을 전해 들은 나는 당황했다.

그리고 그해 여름, 다섯 달 만에 지구를 한 바퀴 돌고 한국에 왔을 때 많은 게 달라져 있었다. 나는 잘 구운 빵처럼 노릇노릇하게 타 있었고, 떠날 때보다 더 무거워진 여행가방과 함께였다. 거기에는 내 첫 번째 장편소설이 들어 있었다. 나는 사람들이 왜 여행에 매혹되는지 알 수 있었다. 다시 말해 아버지를 이해할 수 있게 되었다. 아주 조금.

그렇게 시작된 여행들로 나는 내 남은 20대를 보냈다. 매년 몇 달씩 유럽과 미국의 도시들을 떠돌았다. 매번 신기한 일을 겪고, 신기한 사람들을 만나고, 새로 완성한 소설을 들고 한국으로 돌아왔다. 그런 식의 삶을 3년쯤 살자 문득 내가 대체 어디에서 뭘 하고 있는 건지 알 수 없어졌다. 적응할 만하면 떠나고, 다시 적응할 만하면 돌아오는 일이 반복되자 스스로가 부적응자로 느껴지기 시작했다. 게다가 몇 달 남짓이라는 기간은 여행도 아니고 생활도 아닌 애매한 시간이었다.

한편, 내가 한 여행의 공통점은 모두 서구의 대도시에서 이루어졌다는 것이다. 그리고 그 도시들은 놀랄 만큼 닮아 있었다. 그 닮음은 시간이 지날수록 강화되었고, 돌아올 때마다 그 도시들과 한층 더 닮아 있는 서울을 발견했다. 시간이 갈수록 각 도시들 간의 차이는 업타운에 있는 H&M의 디스플레이와 다운타운에 있는 H&M의 디스플레이의 차이에 가까워지고 있었다. 그리고 그건 어린 시절 아버지가 들려준 외국 이야기와 아주 달랐다.

냉전시기 해외체류의 행운을 가졌던 한국인들의 이야기를 들을 때 우리는 진짜라는 느낌을 받는다. 스타벅스가, 삼성의 광고판이, 인터넷이, 아이폰과 페이스북이 없는 시대의 여행. 진짜 여행. 독일에서는 독일산을, 일본에서는 일본산을 살 수 있는 시대의 여행. 카톡으로 한국의 친구들에게 실시간으로 사진을 찍어 보내고, 중국산 관광상품을 끌어안고 돌아오는 이 시대의 여행과 전혀 다른, 이제는 시대극으로만 존재하는 그런 여행.

그래, 그건 진짜일지 모른다. 그러나 나의 리얼리티가 아니다.

여행 내내 나는 초국적 자본주의가 직조해낸 촘촘한 그물에서 단 한 순간도 빠져나오지 못했다. 그리고 그것이 바로 나의, 내 세대의, 우리 시대의 여행이다. 후기 자본주의 시대의 여행. 유사pseudo 혹은 하이퍼리얼리티로서의 여행. 일회용품의. 소비와 소모로서의. 일찍이 척 팔라닉이 《파이트 클럽》에서 그려 보인, 불면과 공항과 싸구려 비즈니스호텔로 이루어진.

지난 시대 사람들은 여행을 통해 강해졌다. 혹은 풍요로워지거나, 아름다운 것을 만들어냈을지도 모른다. 그러나 지금 시대 여행이란 소비와 다르지 않다. 베를린의 유니클로와 뉴욕의 유니클로와 리스본의 유니클로의 차이 속을 산책하는, 혹은 맨해튼의 폴스미스와 브루클린의 폴스미스의 차이 사이에서 어찌할 바를 모르는. 똑같은 간판 아래 늘어선 상품들은 어찌나 같으면서 또 다른지 도저히 지나칠 수가 없다. 덫인지 알면서도 자꾸만 그 안으로 빠져든다. 마치 꿈처럼.

하여 이것은 동시대의 여행에 관한 어떤 환상도 슬픔도 없는 기록이며 동시에 냉소와 환멸로 가득 찬 가짜 여행기다(가짜가 바로 우리들의 리얼리티이므로). 이 여행기에는 사람들이 전통적으로 여행기에서 기대하는 것들(진실하고 고유한 경험, 여행산업과 미디어가 끊임없이 만들어내는 그 환상, 마치 식욕을 자극하듯이), 다시 말해 낭만적인 모험으로 가득한 여행은 존재하지 않는다. 반대로 이것은 글로벌비즈니스가 쌓아올린 쓰레기더미다. 뻔뻔하게 반짝거리는(H&M의 10유로짜리 클러치백처럼) 얄팍하고 싸구려인 이 기록은 페이스북과 지메일, 그리고 아이폰의 인터페이스를 벗어나지 않는다. 그 안에서 나는 글을 썼고, 사람들을 사귀었으며, 내 20대의 절반을 흘려보냈다. 나는 슈퍼마켓에서 길을 잃고 헌책방을 뒤지고 예술애호가들을 사귀었다. 그것은 정확히 '이천칠 년식 에이치 앤 엠 스타일'이었다.

여기엔 두께가 없다. 무게가 없다.
그리고 그것이 바로 우리들이 사는 세계다. Less than nothing.

지금 나는 이 글을 인천 공항이 바라다보이는 송도국제도시의 한 카페에서 쓰고 있다. 이 카페의 본점은 뉴욕에 있으며, 카페 뒤편에는 센트럴파크가 있다. 이 카페는 내가 뉴욕에서 지낼 때 간 그 카페와 정확히 똑같다. 사실상 이 카페는 2000년대 후반 맨해튼 다운타운의 분위기를 파는 패키지 상품이다. 몇 시간 뒤 나는 센트럴파크역에서 지하철을 타고 집으로 돌아갈 것이다. 나는 당분간 여행계획이 없다. 하지만 갈수록 나는 내가 어디에 있는지 모르겠고, 그건 정확히 2010년대의 한국, 아니 지구 위 현대인들의 기본적인 정서상태다. 그것은 머리가 멍해지는 설탕의 맛이다. 이 책은 그 맛에 대한 이야기다.[1]

1) 이 책에 등장하는 인물들의 이름과 세부사항은 사생활 보호를 위해 조금씩 바꾸었다.

NEW YORK 07'

뉴욕

1.
시고 떫은

나는 평소 그게 무엇이든 머리에 떠오르는 모든 것을 지나치게 생각하고 또 생각하는 버릇이 있는데, 따라서 여행이 확정된 뒤 내가 가장 먼저 한 것 또한 생각을 하는 것이었다. 여행이란 무엇인가? 왜 나는 여행을 떠나야 하는가? 왜 인간들은 떠나는가? 과연 우리에게 발견될 세계가 더 남아 있는가? 남아 있지 않다면, 이 시대에 여행이 대체 무슨 의미가 있는가? 무엇보다도, 나의 이번 여행의 목표는 무엇인가?

거듭된 생각 끝에 내린 결론은 이번 나의 여행의 목적은 내일의 장미를 찾는 것이 아니라 어제의 폐허를 발견하는 데 있다는 것이었다. 왜냐하면 아무리 생각해봐도 현재 지구상에서 한국보다 더 최첨단인 나라는 없었기 때문이다. 한국사회는 2007년 이미 할리우드의 최신 SF 영화보다도 더 기괴하고 초현실적인 세계로 들어서 있었다. 따라서 세계의 미래를 예감하고 싶다면 이곳에 머물러야 한다. 어떤, 아직 발견되지 않은 가능성을 찾아 이미 지난 세기에 정점을 친 세계로 향하는 것은 바보 같은 짓이다….

하여 나는 여행을 떠나기도 전에 이 여행을 통해서 내가 깨닫게 될 것이 한국이 얼마나 최신식이며 매혹적인 나라인지에 대해서일 거라는 성급한 결론에 도달했다. 그러고 나서 내가 생각하기 시작한 것은…, 물론 언제까지나 한가하게 여행에 관한 망상에 빠져 있을 수만은 없었다. 여행이라는 것이 그렇게 간단한 것이 아니었기 때문이다. 당장 준비해야 할 것이 산더미였다. 비행기표를 사야 하고, 집을 구해야 하고, 무엇보다 영어가 문제였다. 나는 부랴부랴 문법책을 사고, 오디오북을 다운받고, 영어회화 학원에 등록하고, 닥치는 대로 영어소설을 읽기 시작했다. 게다가 그때는 관광목적이라도 미국에 가려면 직접 대사관에 가서 인터뷰를 하고 비자를 받아야 했다. 당장 나는 여권조차 없었다. 그런데 무모하게도 혹은 멍청하게도 나는 일을 더욱 복잡하게 만들기 시작했다. 기왕 떠나는 것 더 길게 더 멀리 가자.

왜냐하면 솔직히, 첫째, 나는 딱히 뉴욕에 가고 싶지 않았다. 정확히 말해 미국에 별 관심이 없었다. 둘째, 여름까지 기다리고 싶지 않았다. 셋째, 지원서에 적어낸 두 달은 너무 짧게 느껴졌다. 나는 여행

일정을 뜯어고치기 시작했다.

어느 날 우연히 인터넷에서 '해피하우스 렌털'이라는 체코의 렌털 업체를 발견했다. 프라하 중심가에 있는 방을 짧게는 며칠, 길게는 1년가량 빌릴 수 있다고 했다. 사진이나 관련 정보가 깔끔하게 정리되어 있는 것이 믿을 만해 보였다. 나는 곧바로 메일을 보냈다. 관심이 있던 방 2개 가운데 하나를 내가 원하는 기간에 빌릴 수 있다고 했다.

그렇게 나는 프라하에 가기로 결정했다. 생각할수록 마음에 들었다. 도시 전체가 유네스코 세계문화유산으로 지정될 만큼 아름다운, 게다가 카프카와 밀란 쿤데라의 도시가 아닌가. 그곳에서 두 달 반가량 머무르다 미국으로 넘어가겠다는 계획이었다. 마침 미국에는 교환학생으로 가 있는 친구 P가 있었고, 그녀가 한국으로 돌아가기 전 한 달간 뉴욕에서 집을 구해 함께 지내기로 약속했다.

뉴욕에서 집을 구하는 것은 프라하보다 훨씬 어려웠다. 믿을 만한 렌털 업체를 찾기도 어려웠고, 찾는다고 해도 조건이 몹시 까다로웠다. 고민 끝에 나는 크레이그스리스트craigslist.com라는 웹사이트에 방을 구한다는 글을 올렸다. 그 웹사이트는 도시인을 위한 온갖 잡다한 정보가 올라오는 인터넷판 〈벼룩시장〉 같은 사이트였다. 곧 몇 개의 답장이 왔다. 미드타운에 있는 E의 집이 마음에 들었다. 그녀는 연극배우이자 가수이자 댄서로 여름에 연극공연차 업스테이트 뉴욕에 가게

되어 두 달가량 집이 빈다고 했다. 두 명이 쓰기에 좁지 않은, 따뜻한 분위기의 아파트였다.

1월이 가장 바빴다. 여권을 만들고, 지원금을 받기 위한 최종 서류를 작성하고, 비행기표를 알아보는 한편, 비자를 받으러 미국 대사관에 갔다. 뉴욕과 프라하의 집 주인들과 서툰 영어로 끝도 없이 메일을 주고받았다. 사야 할 것도 많았다. 무엇보다 노트북이 필요했다(그때까지 나는 데스크톱을 썼다). 나는 별 고민 없이 평소 갖고 싶던 IBM 사의 12인치짜리 노트북을 샀다.

마침내 모든 준비가 끝난 것은 출발을 한 달쯤 남겨놓은 2월 중순이었다. 나는 프라하행 항공권과 여권, 그리고 미국 비자를 들여다보며 약간은 혼란스러웠다. 비자에 찍혀 있는 미국방문 사유는 소설 리서치를 위한 뉴욕시 방문이었다. 비현실적인 느낌이었다. 그 시기 내가 뉴욕에 대해서 아는 것은 '섹스 앤 더 시티'와 《위대한 개츠비》, 그리고 《호밀밭의 파수꾼》뿐이었다. 프라하에 대해서도 다르지 않았다. 건방지게도 나는 체코어로 '안녕하세요'조차 배우지 않았다. 하지만 나는 체코어를 배우는 대신 다시 여행에 관한 관념적 상상에 빠져들었다. 나는 왜 프라하에 가는가? 왜 하필 뉴욕인가? 생각이 지겨워지면 책을 읽었다. 뉴욕과 프라하에 관한 책을 몇 권, 소설을 쓰는 데 필요한 책들을 또 몇 권 읽었다.

프랑수아 베유Francois Weil가 쓴 《뉴욕의 역사》에 따르면 뉴욕은 20세기 중반 세계의 수도였다. 책에서 그려진 그 도시는 조금 특이했다. 귀족이나 왕이 등장하지 않는 도시의 역사가 거기 있었다. 오래된 도시의 역사에 빠짐없이 등장하는 왕과 궁전이 거기에는 흔적조차 없었다. 아니 역사 자체가 없어 보였다. 그저 부동산 투기와 체스판 같은 도시 구획과 코니아일랜드, 그리고 5번가와 브루클린이 있을 뿐. 서울에도, 파리에도, 도쿄에도 있는 옛 흔적이 거기에는 없었다. 물론 토할 만큼 많은 시간이 흐르고 나면, 비슷한 흔적들이 그 도시에도 새겨지게 될지 모르겠다. 예를 들어, 1,000년쯤 지난 뒤 그 도시는 무너져 내린 2개의 탑의 전설로 기억되지 않을까.

한편 프라하에 관해서 읽은 것 가운데 인상적이었던 책은 《큐리어스 글로벌 컬쳐 가이드 – 체코편》이었다. 그 책은 체코에 대해서 '카프카가 픽션이 아니라 리얼리티인 나라'라고 말하고 있었다(이후 프라하에서의 두 번의 체류, 체코인들과의 만남, 체코에 오랜 기간 체류한 몇몇 사람들과의 대화를 통해 그것이 비유가 아니라 사실이라는 것을 확신하게 되었다). 거기에는 '카프카적 비즈니스'라는 표현이 나오는데, 실제로 나는 집을 구하는 과정에서 그것을 조금은 경험한 느낌이었다. 렌털 업체 직원과

30통에 가까운 메일을 주고받아야 했던 것이다. 그 뒤로도 나는 이 도시 저 도시에서 여러 번 집을 구해봤지만 그렇게 많은 메일을 주고받은 적은 없었다. 뭔가 심각한 문제가 있는 것이 아니었다. 그저 뭔가를 결정하는 데 굉장히 많은 절차가 필요하다는 느낌, 그리고 그 많은 절차의 끝에도 명확한 결과가 없다는 느낌? 매번 한 군데씩 모호한 지점이 남아 있었고, 그것을 해결하기 위해서 메일을 보내면, 또 다른 모호한 지점이 나타났다. 나중에 체코의 그런 카프카적 특징을 더 잘 알게 된 나는 우리의 메일이 30통 정도에서 멈춘 것, 그리고 나의 체코 체류가 별다른 문제없이 끝난 것에 대해서 매우 운이 좋았다고 생각하게 되었다.

그 외에 내가 많은 시간을 보낸 것은 영어공부였다. 고등학교 1학년 때 영어에서 손을 뗀 뒤 햇수로 8년이 지나 있었다. 여행이 확정되었을 때 나는 I 다음에 am이 와야 하는지 are가 와야 하는지조차 헷갈리는 상태였다. 급한 대로 종로에 있는 영어회화 학원의 인텐시브 코스에 등록했다. 하루 3시간씩 1주일에 5번, 3명의 원어민 강사가 문법, 회화, 작문을 가르치는 코스로 꽤 비쌌다. 비싼 만큼 여유 있는 학생들이 많았는데, 창문도 없는 좁아터진 흰 방에, 대여섯 명의 잘 차려입은 젊은 한국인들이 떠듬떠듬 영어를 늘어놓으면 피곤해 보이는 캐나다인이 초딩용 영어문법을 늘어놓는 장면은 꽤 흥미로웠다.

그 가운데 로버트라는 이름의 호주 출신 강사와 친해졌다. 그가 가장 인상 깊었던 책의 첫 번째 구절을 말해보라고 하면, 나는 더듬더듬 "My mom died yesterday."라고 말하고, 그러면 그가 알베르 카뮈라고 대답하며 낄낄거리는 식이었다. 한국인과 결혼하여 서울에 정착한 그는 대학에서 영문학을 전공했고, 톰 웨이츠와 도스토옙스키를 좋아했다. 그는 나에게 그때 아직 한국어판이 나오지 않았던 코맥 매카시를 추천해주었고, 우리는 제임스 조이스에 대해서 이야기를 나누기도 했다. 물론 내 영어실력의 한계로 대화는 좋다 싫다 이상의 단계로는 결코 나아가지 못했지만. 그는 곧 태어날 딸 사라가 열 살이 되면 닉 케이브와 톰 웨이츠를 들려주겠다고 했고 나는 사라 그녀가 조금은 부러웠다.

그를 포함해 한국에 자리 잡은 몇몇을 제외하면 영어 강사들은 늘 여행 중이었다. 저는 1주일 전에 런던에서 왔어요. 난 다음 주에 오타와로 돌아가. 어, 나도 여름에 뉴욕에 가는데. 그리고 그것은 학생들도 마찬가지였다. 함께 수업을 듣는 사람들은 대개 유학이나 어학연수를 앞두고 있었다. 나를 포함하여 모두가 어디론가 떠날 예정이었다. 막연한 기대와 희망, 설렘인지 불안인지 모를 뿌연 감정을 꼭 껴안은 채로.

하지만 설렘보다는 불안이 더 컸던 그 시기 내가 느낀 것은 덜 익은 과일처럼 시고 떫은 맛이었다. 그러나 돌아보면 서문에 썼듯, 내 여행을 채운 것은 대체로 지나치게 단 설탕의 맛이었고, 그건 매일 밤 잠들기 전 눈을 감은 채 여행에 대한 망상에 푹 잠겨 있던 내가 결코 예상하지 못했던 것이었다.

2.
미국식 아침식사

모든 도시가 그러하듯이 –

뉴욕의 초기 역사에도 아무런 영광이 없다. 그들이 없었다면 애초에 그 도시의 존재 자체가 불가능했을 익명의 죽음들이 산처럼 쌓여 있을 뿐이다. 몇몇 고귀한 혈통을 타고난 백인들은 이름이라도 남았지만, 다른 사람들은 아무 흔적도 남기지 못했다. 아프리카에서 끌려온 흑인 노예들은 맨해튼 섬에 제국주의 풍 대저택을 지었다. 백인들을 위해.

*

맨해튼 남부의 거리가 뒤죽박죽인 이유는 그것이 초기에 형성되었기 때문이다. 얼마 뒤 상인들은 빈 땅에 자를 대고 그어 땅장사를 시작했다. 그것이 주소 찾기가 쉽기로 유명한 맨해튼의 시작이다. 할렘에 들어선 팔리지 않은 수많은 고급맨션들은 노예 출신 아프리카인들의 거주지가 되었다. 상류층 거주지역은 안전을 위해 점점 더 북쪽으로 향했다. 어퍼이스트사이드는 센트럴파크 북단을 경계로 할렘과 만난다.

*

이것이 그때 내가 뉴욕에 대해 알고 있던 모든 것. 지미 추에 올라탄 캐리 브래드쇼, 그랜드 센트럴 스테이션의 홀든 콜필드, 플라자 호텔에 늘어져 있는 데이지 뷰캐넌과 함께.

*

P의 전화에 잠에서 깨어났을 때 나는 프라하에 있었다. 그녀와 나는 그날 저녁 JFK 공항에서 만나기로 되어 있었다. 그녀가 말했다. 비행기 날짜를 잘못 알았어. 내일 떠나는 표였어. 나도 공항에 오고 나서 알았어. 나는 어리둥절한 채로 자리에서 일어났다. 그리고 뜸을 들이며 할 말을 찾았다. 딱히 별말이 떠오르지 않았다. 내가 해결할 수 있

는 문제가 아닌 것 같았다. 알았어, 내일 봐. 나는 전화를 끊고 침대에서 기어 내려왔다.

샤워를 하고 짐을 확인했다. 곧 집주인이 불러준 콜택시가 도착할 예정이었다. 나는 집주인에게 키를 돌려주고 집을 나와 택시에 탔다. 택시는 카를 교를 건너, 내가 좋아하는 22번 트램 길을 지나 루지네 공항에 도착했다. 그리고 거기까지는 아직 모든 게 좋았다.

스피커에서, 내가 탈 런던행 비행기의 탑승이 지연되었다는 안내방송이 흘러나오기 시작했다.

1시간 반 뒤 프라하를 떠난 비행기는 지각 출발을 만회하기 위해 말 그대로 총알택시처럼 날아갔다. 히스로 공항에 도착한 조종사는 자신의 비행실력을 자화자찬했고 이탈리아인 승객들은 박수를 쳤다. 하지만 내가 타야 할 뉴욕행 비행기는 이미 런던을 떠난 뒤였다. 비행기가 히스로 공항에 도착함과 동시에, 불운한 뉴욕행 승객들을 위한 안내방송이 흘러나오기 시작했다. 비행기를 나서자 안내방송대로 런던항공 직원이 피켓을 든 채 우리들을 기다리고 있었다. 그리고 우리들은, 달리기 시작했다. 히스로 공항은 광활했고, 뉴욕행 승객들에 대한 검색은 끝이 없었다. 마담, 가방을 좀 열어봐도 될까요. 마담, 당신의 몸을 좀 검색해도 될까요, 마담….

1시간 뒤 겨우 뉴욕행 비행기에 올라탈 수 있었다. 그 비행기 또한 우리 지각 승객들을 기다리다 출발이 지연된 상태였다. JFK 공항에 도착했을 때는 예정시간이 6시간 지나 있었다. 또 다른 안내방송이 흘러나왔다. 나의 가방이 지금 런던에 있다고 했다. 가방이 뉴욕에 도착하면 배달해줄 주소를 적기 위해서 또 한참을 기다려야 했다. 그리고 주소를 적기 위해 가방을 뒤지다가 수첩을 잃어버린 것을 깨달았다.

완전히 피곤에 절은 채로, 아무렇게나 적어 철자법이 다 틀린 입국카드를 입국심사대에 내밀고, 공항을 빠져나와 택시에 올라탔다. 나는 택시기사에게 더듬더듬 하소연을 늘어놓았다. 오늘 뉴욕에서 만나기로 한 친구는 샌프란시스코에 있고, 내 짐은 런던에 있으며, 비행기가 연착되었고, 수첩을 잃어버렸다. 그는 건성으로 나를 걱정해주었다. 하지만 사실 나의 가장 큰 걱정은 숙소였다.

나는 원래 미드타운에 있는 E의 집을 두 달간 빌리기로 되어 있었다. 하지만 프라하에 있는 동안 그녀에게서 메일이 왔다. 집을 빌려줄 수 없게 되었다는 것이다. 나는 다시 새로운 숙소를 찾아 크레이그스리스트에 광고를 올리고, 여기저기 메일을 보냈다.

헨리에게도 사정을 전하는 메일을 한 통 보냈다. 그는 내가 크레이그스리스트에 처음 광고를 올렸을 때 메일을 보내온 사람 가운데 하나였다. 다운타운에 있는 널찍한 스튜디오를 통째로 빌려줄 수 있다고 했다. 하지만 E의 조건이 더 좋았으므로 거절했었는데, 그 뒤로도 가끔 메일을 주고받으며 여행에 대한 이런저런 도움을 받고 있었다.

그는 30대 초반의 뉴욕 토박이로, 컬럼비아 서클 근처에 살고 있으며, 숙박업을 하고, 곧 자기 소유의 다운타운에 있는 빌딩에 갤러리를 오픈할 예정이라고 했다. 그는 친절했고 여러 가지로 도움이 되었지만, 솔직히 그가 늘어놓는 말을 나는 반쯤만 믿었다. 왜냐하면 그의 이야기가 지나치게 그럴듯했기 때문이다.

하지만 뉴욕으로 떠날 날이 다가오고, 집을 빌리는 일이 급해지자 까다롭게 따지고 있을 시간이 없었다. 나는 가격을 협상하고, 사진을 요청했다. 사진 속의 집은 꽤 근사했다. 그는 맨해튼 한복판에서 이런 가격에 이렇게 널찍한 공간을 갖는 것이 얼마나 꿈같은 일인지, 로워 이스트사이드가 얼마나 좋은 동네인지에 대해서 거듭 강조했다. 그러나 그 시기 나는 뉴욕의 사정에 너무나도 무지했으므로, 또한 프라하에서 너무나도 배가 부른 생활을 하고 있었으므로, 솔직히 뭐가 그렇게 좋다는 건지 잘 알 수 없었다. 그러나 당장 집을 구하는 것이 급했으므로 그의 집에 머물기로 결정했다.

프라하에서 지낸 두 달 반 동안, 나는 이미 중부 유럽의 노회하고 세련된 아름다움에 푹 잠겨 있었다. 내가 지낸 아파트는 바츨라프 광장에서 걸어서 15분 떨어진 중상류층 거주지역에 있는 고풍스러운 아파트였다. 걸어서 10분 거리에 공원이 5개나 있어서 나는 매일 기분에 따라 산책할 공원을 정했다. 거리에 나가면 아카시아 향기로 숨이 막혔고 아무 카페나 들어가면 싱싱한 허브잎을 꽉꽉 눌러 채운 허브티를 2,000원에, 정신이 나갈 듯 진한 카푸치노를 1,500원에, 독한 보헤미아 산 생맥주를 2,000원이면 마실 수가 있었다. 집 앞 벤치에 앉아 이오네스코의 희곡을 읽고 있으면, 500년 된 성당의 종소리가 들려왔다. 나는 종종 지도 없이 종탑을 나침반 삼아 걸었고, 관광객들이 썰물처럼 빠져나가는 시간이면 프라하 성의 좁은 골목을 산책했다. 늦은 오후 거리를 걸으면, 하루의 마지막 햇살이 포석 위로 내려앉으며 찬란하게 빛나는 광경을 볼 수 있었다. 걷는 것이 싫증 나면 대책 없이 사치스럽게 치장된 프랑스식 카페에 들어가 싸구려 와인을 시켰다. 집에 돌아오면 창을 감싼 오래된 나무 위로 내려앉는 어둠을 멍하니 바라보았다. 시리도록 파란 그것은 질리지도 않았다. 탑과 산책로, 이상하게 구부러진 오래된 나무들, 커다란 개와 노인들로 가득한 거리와 공원, 지독하게도 유럽식의, 그것이 나의 최초의 여행, 외국에 관한 첫 번째 인상이었다.

그리고 나는 뉴욕에 있었다. 초여름의 늦은 밤 택시 창밖으로 펼쳐진 뉴욕의 풍경은 오래된 할리우드 영화의 세트장 같았다. 중국어로 가득한 때 낀 거리. 주소가 적힌 메모를 든 채로 한참을 헤매던 나는 가까스로 롤리타라는 이름의 술집 옆에 달린 초인종을 찾아냈다. 나는 그것을 눌렀다.

그리고 그 순간, 나의 공포는 정점에 닿아 있었다. 나는 미국에 있었다. 그것도 뉴욕 다운타운 한복판, 하필이면 조승희 사건이 벌어진 직후였다. 뉴욕으로 오는 동안 나는 나에게 집을 빌려준 헨리가 연쇄살인범일지도 모른다는 망상에 사로잡혀 있었다. 그것은 사실 나의 오래된 버릇이었는데, 모든 미래에 대해서 최악의 시나리오를 상상해보는 것이다. 그리고 그때 미국행에 대해서 상상할 수 있는 최악의 시나리오는 연쇄살인범에게 살해당하는 것이었다. 아니, 어쩌면 그건 내가 연쇄살인범을 다룬 미국영화를 너무 많이 봤기 때문일지도 몰랐다. 혹은 내가 방금 초고를 끝낸 소설의 주인공이 미치광이라서 그런지도 몰랐다. 아무튼 나는 뉴욕으로 오는 비행기 안에서 연쇄살인범에게 끌려가 여러 가지 고문을 당한 끝에 고통스럽게 죽는 상황을 여러 번 상상했다.

그 당시 나는 내가 지내게 될 동네, 로워이스트사이드가 젊은이들에게 각광받는 동네라는 것을 몰랐다. 한 믿을 만한 유학생 사이트의 정보에 따르면 뉴욕 다운타운은 범죄의 소굴로서 특히 젊은 여자들이라면 절대 접근해서는 안 될 지역이었다. 하지만 함께 지내기로 한 P는 정반대의 의견을 내어놓았다. 어쨌든 나는 내 눈으로 확인하기 전에는 아무것도 믿지 않겠다는 입장이었다. 동시에 연쇄살인범에 관한 망상을 멈출 수가 없었다. 어두컴컴한 뉴욕 다운타운 한복판(영화에서 자주 접한 이미지)의 오래된 아파트 꼭대기 층에 살인공장을 차려놓고 순진한 여자를 잡아다가 죽이며 기쁨을 맛보는 30대 초반의 연쇄살인범…. 초인종을 누른 뒤, 문이 열리기 직전 내 망상은 극에 달했고, 마침내 열린 문 너머로 내 망상 속 연쇄살인범이 나타났다. 어깨까지 기른 금발머리를 하나로 묶은, 마르고 엄청 피곤해 보이며 알 수 없는 옷차림의 백인남자. 그가 내 이름을 부르며, 부서질 것 같이 환한 미소를 지어 보였다.

그를 따라서 삐걱거리는 나무계단을 밟아 올라가면서도 나는 여전히 의심을 버리지 못했다. 정신을 놓지 말아야 한다. 어느 순간에 그가 살인마로 돌변할지 모른다. 물론 그에게서 나는 그런 느낌을 전혀 받을 수 없었다. 그는 내가 중학교 때 다녔던 기타학원 선생을 떠오르게 했다. 치렁치렁한 검은 생머리, 헐렁한 티셔츠와 스키니 바지를 즐겨 입던, 메탈리카의 '포 훔 더 벨 톨스 for whom the bell tolls'의 리프를 반복해서 연습하게 했던, 마르고 피곤한 인상의 아저씨. 금발에 파란 눈

그리고 영어를 쓴다는 것만 빼면 이 남자는 그 기타학원 선생을 빼닮았다. 물론 엄밀히 따지자면 이쪽은 히피의 후예-X세대이고 저쪽은 1980년대식 로커지만, 한물간 전통을 따르며 살고 있다는 면에서 비슷했다. 하지만 난 여전히 안심할 수 없었다. 히피의 후예이자 살인마는 가능하다. 여기는 미국이 아닌가?

문이 열리고, 도착한 집은 사진에서 봤던 것보다 훨씬 더 넓고 휑했다. 뉴욕 특유의, 신발상자처럼 길쭉한 직사각형의 집이었는데 간단한 조명과 싱크대를 제외하고 아무것도 없었다. 지나치게 길어서, 이쪽에서 말을 하면 저쪽에서는 들리지도 않을 정도였다. 짐을 내려놓은 나는 씻어야 한다는 핑계로 얼른 욕실로 도망쳤고, 헨리는 끝내 살인범으로 돌변하지 않은 채 얌전히 위층 자신의 집으로 올라갔다.

*

1시간 뒤, 나는 한 손에 맥주를 들고 멍하니, 어반아웃피터스의 실내장식을 맡았다는 헨리의 아버지가 꾸며놓은 그의 집, 천장에 걸린 UFO 모양의 조명을 바라보고 있었다. 헨리가 식탁 위에 놓인 작은 플라스틱 꽃병을 가리키며, 어머니가 모마MoMA에 납품하는 거라고 말했다. 옥상으로 가는 계단 앞에는 그의 어머니가 그렸다는 그림이 걸려 있었다. 친해진 다음 들은 얘기에 따르면 그 집에는 몇 달 전까지 헨리 아버지가 살고 있었다. 그래서인지 그 집은 굉장히 보기에 좋았다. 문제는 보기에만 좋았다는 것이다. 그러니까 그 집은 일종의 모델하우스였다. 모든 것이 보기에 좋을 뿐, 제대로 돌아가는 것은 아무것도 없었다. 예를 들어 헨리의 집에서 설거지를 하면 내가 지내던 아래층으로 물이 떨어졌다. 근사한 외양의 냉동고는 고장 난 지 오래였고, 거대한 설치작품처럼 생긴 화장실 문은 제대로 닫히지도 않았다. 전자레인지를 10분 이상 돌리면 전기차단기가 내려갔다. 유일하게 편리했던 점은 옥상 바닥을 열기가 분산되게 설계해서, 웬만한 더위에도 헨리가 지내는 꼭대기 층은 에어컨이 필요 없을 정도로 시원했다는 것, 그리고 수백 장의 LP와 성능 좋은 스피커, 그리고 턴테이블을 통해서 온종일 레게음악을 들을 수 있다는 것이었다.

스피커에서 비틀스의 '노르웨이전 우드'의 레게버전이 흘러나오기 시작했다. 우리는 아이보리색 카펫이 깔린 바닥 이쪽저쪽에 널브러진 채로 브루클린의 어딘가에 새로 문을 열었다는 스시 바, 햄프로 짠 옷, 프랜시스 베이컨 따위에 대해 두서없이 지껄였다. 턴테이블 옆에는 LP판이 쌓여 있었고 냉장고는 맥주로 가득했으며, 밤은 이제 시작이었고, 그러나 나는 오직 졸렸다.

*

다음 날 아침 일찍 P가 도착했다. 우리는 길고도 시끄러운 인사를 나누었고(그녀와 나는 1년 만에 만나는 것이었다), 그러고 나서 P가 지갑을 잃어버렸다는 사실을 깨달았다. 하지만 배가 고팠으므로 일단 밖으로 나갔다. 딱히 먹을 것을 결정하지 못한 채 뜨겁게 달아오른 거리를 헤매다니던 우리는 쓰러지기 일보 직전 서브웨이로 기어들어갔다. 주문대 앞, 10대 여자애들 셋이 구성진 목소리로 레이디 마멀레이드를 불러제끼고 있었다. 우리는 탁자에 앉아 샌드위치를 입속에 구겨 넣으며 P의 잃어버린 지갑에 대해서, 도착하지 않는 나의 짐가방에 대해서, 그리고 잃어버린 내 수첩에 대해서 이야기했다. 그리고 또 다른, 지금은 잊혀진 온갖 시시하고 또 중요한 것들에 대해서.

*

셋째 날, 드디어 짐가방이 도착했다. 그리고 새로운 문제가 생겨났다. 헨리가 이번 달 한 달밖에 집을 빌려줄 수가 없다고 통보한 것이다. 그것은 사실 우리의 탓이었는데, P가 지갑을 잃어버렸다는 핑계로 3일째 방세를 내지 않고 있었기 때문이다. 게다가 뉴욕의 주거사정에 익숙하지 못한 우리가 집을 너무 조심성 없이 사용하고 있는 것이 그의 눈에 거슬렸던 것도 같다.

내가 지내던 그 아파트는 투기꾼들이 집장사를 하려고 찍어내듯 지어낸, 사실 전통적 관점으로 따지자면 집이라고 부르기 뭣한 그런 공간이었다. 물론 뉴욕 기준으로 그곳은 확실히 매우 괜찮은 집이었다. 다운타운 한복판, 안전한 구역에 위치했으며, 깨끗하고, 무엇보다도 어처구니없을 정도로 넓었다. 하지만 삐거덕대는 바닥이나 허술한 벽은 조금만 힘을 줘서 주먹질을 하면 그대로 구멍이 날 것처럼 보였고, 벌레와 쥐의 도시인 뉴욕에서 집에 그런 것들을 끌어들이지 않으려면 결벽증에 걸린 것처럼 청결을 유지해야 했다.

헨리는 나와 P가 집 안에서 달리는 소리를 듣거나, 조심성 없이 문을 꽝꽝 닫거나, 혹은 깜빡하고 문을 열어놓고 외출하거나, 혹은 바닥에서 흐트러진 과자봉지를 발견할 때마다 어쩔 줄 몰라 하며 지구가 끝장나고 있는 듯한 표정을 지었다. 그리고 마침내 3일째 되던 날, 여전히 집세도 내지 않은 채 어질러진 집에서 초딩처럼 해맑게 뛰어다니는 우리를 목격한 그의 인내심이 한계를 넘고 말았던 것이다. 그제야 사태를 깨달은 우리는 당황한 채, 그러나 한편으로는 그가 우리를 당장 내쫓지 않은 것에 감사하며(우리는 그날도 결국 방세를 내지 않았으므로) 조용히 집에 틀어박혀 인터넷으로 다음 달에 지낼 집을 검색하기 시작했다.

*

며칠 뒤 어느 이른 오후, 나는 보드카 칵테일을 마시며 소파에 늘어져 있었다. 딱히 생각나는 것이 없었으므로 전날 밤의 일에 대해서 생각했다. 그것은 비. 폭우가 쏟아졌다. 작은 우산 하나에 의지해 쏟아지는 빗속을 힘겹게 나아가는 나와 P를 향해 한 남자가 돈은 얼마든지 줄 테니 우산을 팔라고 했다. 또 다른 남자는 비에 흠뻑 젖은 채 해맑은 표정으로 거리를 가로질렀다. 그 옆에, 센 바람이 불어올 때마다 꺅꺅 소리를 지르던 젊은 여자들. 집에 들어오기 전 슈퍼마켓에 들려 크랜베리주스를 한 통 샀다.

그것을 3대 1로 보드카에 섞어 마신다.

점심을 먹고 집으로 돌아오자 잃어버렸던 수첩이 도착해 있었다. 영국항공에서 보내온 것이다. 아, 나는 영국항공을 좋아하기로 결심했다. P는 잃어버린 현금카드를 재발급받기 위해서 미국은행의 관료적 시스템과 힘겨운 싸움을 이어가고 있었다. 그리고 나는 프라하에서 쓴 소설을 손보기 시작했다. 그리고 또 뭐가 있었더라? 아, 집. 아, 어떻게든 되겠지. 아, 아….

뉴욕은 서울과 닮았다. 세찬 비바람과 습도까지도. 프라하에서 나는 한국을 하나도 닮지 않은 풍경에 기가 질렸다. 그 도시는 사람들보다도 도시 자체가 먼저 눈에 들어오는 도시다. 도시란 그런 것인가, 나는 궁금했다. 특히나 프라하는 유별나게도 도시가 전부인 도시. 그런데 뉴욕은 그렇지가 않다. 뉴욕이라는 도시 자체에 대해 나는 별다른 흥미를 느끼지 못한다. 정말 흥미로운 것은 그 안의 사람들이다. 정말로 다양한 색깔을 가진 사람들이 여기 있다. 사실 나는 이 도시가 마음에 들지 않는다. 걸으며 경탄할 것도 별로 없다. 딱히 싫은 것은 아니다. 단지 전형적인 현대의 대도시적인 특성이, 서울을 떠올리게 하는 무엇이, 나를 숨 막히게 한다. 그것은 도시 자체에 짓눌리는 느낌을 받았던 프라하와는 또 다른 것이다. 설명할 수 없지만 다른 의미로, 나는 이 도시에 갇혀버린 느낌이 든다.

하지만 이것 또한 겨우 4일째의 생각이다.

*

다음날 아침, 가늘게 내리는 비를 맞으며 근처 식당에 가서 아침을 먹었다. 오믈렛과 토스트, 오렌지주스와 커피 따위로 이루어진 흔하디 흔한 미국식 아침식사를 앞에 두고 나는 미묘한 기분에 빠져들었다. 구체적으로 말해 고향에 온 듯한 느낌이었다. 그건 이상했다. 왜냐하면 내 앞에 놓인 것이 김치와 된장찌개가 아니었기 때문이다. 솜처럼 부드러운 흰 빵과 미국식 치즈 특유의 짜고 느끼한 맛, 오렌지주스, 딱딱한 베이컨 앞에서 나는 프라하에서 지낸 몇 달간 쌓인 이국의 피로가 일시에 씻겨나가는 느낌을 받았다. 나는 감상에 젖은 채 추억 속으로, 빠져들기 시작했다.

어린 시절, 일요일마다 아버지가 수입식품점에서 구해온 재료로 미국식 아침식사를 차려주었다. 그 습관은 내가 대학에 들어오고 나서도 간간히 이어졌는데, 프라하에 있는 몇 달 동안 완전히 끊겨 있었던 것이다. 프라하에서 나는 단단한 빵과, 진한 유럽식 치즈, 그리고 차가운 훈제 햄에 둘러싸여 있었다. 그것은 아주 근사한 맛이었지만, 여전히 낯선 이국의 맛이기도 했다. 그리고 여기 뉴욕, 생전 처음 와보는 도시, 변두리의 싸구려 식당에서 나는 고향의 맛을 느끼며 감동하고 있었다. 알 수 없는 안도감이 나를 감싸 안았다. 비로소 나는 내가 미국에 왔다는 사실을, 동시에 그 나라에 대한 설명할 수 없는 깊은 친밀함을 느꼈다. 주위에는 늙고 지친 미국인들로 가득했다. 그들은 나와 아주 먼 사람들이었다. 그런데 나는 그들을 안다는 느낌을 받았다. 이상한 기분. 그 기분은 길게 이어졌다. 내가 미국에 있는 내내, 그리고 떠난 뒤에도, 내가 미국에 대해 생각할 때마다 그 날, 비 냄새가 나던 다운타운 뉴욕의 아침이, 내 앞에 놓여 있던 미국식 아침식사가 떠오른다.

3.

헨리

P의 잃어버린 지갑과 다음 달에 지낼 곳을 구하는 문제를 제외하면 일상은 단조롭고 평화롭게 흘러갔다. 아침에 일어나면 두유에 시리얼을 말아 먹고 옥상에 올라가 글을 썼다. 점심은 대개 근처의 식당에서 때웠다. 오후에는 산책을 하거나 미술관에 가거나, 아니면 쇼핑을 했다. 저녁은 밖에서 먹거나 혹은 집에서 시켜 먹었다. 밤이 오면 옥상에 올라가 보드카를 마시며 맨해튼의 빌딩숲을 하염없이 바라보았다.

그리고 헨리를 탐구하기 시작했다.

그는 확실히 흥미로운 데가 있었다. 그는 뉴욕에 집을 4채쯤 갖고 있다고 했다. 미드타운에 둘, 할렘에 하나, 그리고 우리가 지내는 로워이스트사이드의 아파트가 그것이다. 그는 미드타운과 로워이스트사이드를 오가며 지냈는데, 미드타운에 있는 집을 사람들에게 단기로 빌려주고 세를 받아서 생활한다고 했다. 하지만 알고 보니 미드타운 집의 진짜 소유주는 그의 어머니이고, 로워이스트사이드 집의 소유주는 아버지였다. 둘은 오래전에 이혼하여 따로 살고 있었다. 헨리는 1970년대 중반에 태어난 전형적인 X세대로, 그들의 부모는 여피로 진화한 히피세대였다. 건축가인 그의 아버지는 재혼한 뒤 소호에 살고 있었고, 최근에는 크루즈 사업에도 손을 대기 시작했다는 그의 어머니는 뉴햄프셔에 살고 있었다. 한편, 그의 약혼녀는 여름을 맞아 오키나와로 휴가를 떠나고 없었다. 하여 혼자 남은 그는 미드타운에 있는 고급콘도와 로워이스트사이드의 휑한 스튜디오를 오가며 레게를 듣거나 도서관에서 알 수 없는 책(그 시기 그는 어느 일본인이 쓴 《물은 답을 알고 있다》라는 사이비스러운 책을 읽고 있었다)을 빌려다 읽거나, 그러나 대체로 마리화나를 피우거나 텔레비전을 보며 시간을 때웠다. 혹은 레게를 들었다. 그는 레게를 정말로, 정말로 사랑했다. 이따금 집으로 커다란 박스 대여섯 개 분량의 레게 LP판이 도착했다. 그는 할렘에 있는 집의 방 하나를 오직 그 LP판을 보관하는 용도로 사용하고 있다고 했다.

냉정하게 보자면 그는 대학을 중퇴하고 특별히 하는 일 없이 어영부영 세월을 흘려보내다가 다 늙어서 부모의 도움으로 연명하고 있는 루저라고 할 수 있었다. 하지만 그가 어떤 인생을 살아가건 나와는 상관없는 일이고, 그런 종류의 인간을 처음 목격했으므로 호기심이 앞섰다. 그는 내가 처음 본 히피의 자식이었다. 히피 출신 부모를 둔, 뉴욕에서 태어난 X세대 미국인. 그는 타고난 예민함에 더해 한량의 삶을 오랫동안 살아온 영향으로 까다롭고 좋은 취향을 가지고 있었다. 그가 추천한 식당은 하나같이 맛이 있었고, 고급문화에서 하위문화까지 모르는 게 없는데다가, 한국에 소개되지 않은 매력적인 미국 예술가들을 잔뜩 알고 있었다. 그와 이야기하는 것은 언제나 즐거웠다. 곧 나는 살인마에 대한 망상을 완전히 버리고 그와 친구가 되었다.

*

프라하에서부터 이어진 엉망진창 식생활의 영향과 여행피로, 스트레스 덕분에 위염에 걸리고 말았다. 약국에 가서 민트 맛 시럽약을 샀다. 그것과 물, 그리고 시리얼 외에, 아무것도 먹을 수가 없었다. 민트 맛 시럽약은 정확히 말해 치약 맛이었다. 치약 맛 위장약과 물, 시리얼로 식생활이 축소되자 무엇을 하든 기분이 나지 않았다. 그저 울적했다. 글도 잘 안 써지는 기분이었다. 여전히 잃어버린 현금카드를 재발급받지 못한 P 또한 울적해하고 있었다. 헨리는 약혼녀를 그리워하며 기분이 오락가락하더니만 미드타운으로 떠나 돌아오지 않았다. 나는 배고픔을 잊으려고 그림을 그리기 시작했다. 이따금, 프라하에서의 유럽적인 평화를 떠올리며 그리워했다.

*

위염에서 약간 회복된 며칠 뒤 P와 함께 윌리엄스버그에 갔다. 미치게 더운 한낮, 우리는 무모하게도 윌리엄스버그 다리를 걸어서 건넜다. 다리를 건너자마자 길을 잃었다. 우리는 윌리엄스버그와 정확히 반대 방향으로 향하기 시작했다. 대낮인데도 거리는 인적이 드물었다. 걸을수록 분위기는 더 험악해졌다. 솔직히 그렇게 위험한 길은 아니었을지도 모르겠다. 하지만 동양 여자 둘이서 산책하기에 적절한 장소는 아니었다. 우여곡절 끝에 겨우 윌리엄스버그에 도착했을 때는 저녁이 가까워오고 있었다.

여기가 뉴욕에서 요즘 가장 뜨는 동네예요. 한국에 있을 때 케이블 텔레비전 방송에서, 한 유명한 패션모델이 그렇게 말하는 것을 들은 적이 있다. 과연 그 거리는 그런 얘기를 들을 만했다. 공원과, 작은 상점들이 늘어서 있는 거리에는 옛날 영화에서 걸어 나온 것 같은 빈티지한 옷차림의 젊은이들이 가득했다. 그건 아주 예쁜 광경이었다. 나는 그 동네가 마음에 들었다.

밥을 먹고 비콘스 클로짓에 갔다. 그곳은 공장을 수리하여 만든, 창고 같은 모양새의 커다란 헌옷가게로 싼값에 근사한 옷을 건질 수 있기로 유명했다. 우리는 몇 시간 동안 옷더미에 푹 빠져서 시간을 보냈다. 몇 시간을 헤매 다니고, 또 몇 시간쯤 옷을 고르고 나서도 힘이 남아돌았는지 우리는 다시 윌리엄스버그 다리를 걸어서 건너 집으로 돌아왔다. 다행히 밤공기는 선선했다. 근처 크레페 가게에서 스무디와 크레페를 사들고 집으로 돌아오자 뉴햄프셔에 간다고 했던 헨리가 옥상에 있었다. 그는 긴 머리를 풀어헤친 채 일본풍의 긴 가운 같은 것을 입고 있었는데 마치 예수그리스도 같았다. 그런 행색으로 그는 문선명, 현대 미국 사회의 공동체 정신의 결여, 오노 요코의 작품세계에 대한 이야기를 두서없이 늘어놓은 다음 마지막으로 요즘 이 동네에서 뜨고 있다는 카페를 추천한 다음 옥상을 내려갔다.

*

텅 빈 락어웨이 비치는 아름다웠다. 두터운 안개 아래 펼쳐진 집과 도로 그리고 바다. 안개는 시야의 경계에서 바다와 만났다. 짙은 안갯속에서 하늘과 바다와 안개를, 안개와 바다와 땅을 구분할 수 없었다. 파도가 밀려오고, 안갯속으로 사람들이 사라졌다. 다시 파도가 밀려가면, 곱고 흰 모래가 발가락 사이로 빠져나갔다. 모래는 불에 덴 듯 뜨거웠고, 그러나 물은 차가웠다. 바닥에 누워 하늘을 보면 회색 크림 같은 안개와 구름이 눈을 채웠다. 아이팟에서는 일본여자가 노래했다. 책에서는 부코우스키가 변태 같은 이야기를 잔뜩 늘어놓았다. 이따금, 미치도록 단 던킨도너츠의 스무디를 들이켰다.

꿈속에 들어 있는 기분이었다.

뭐가

아름다웠다.

뭐가?

나는 그 아름다움을 설명할 단어를 찾지 못했고, 그래서 그것을 나만의 비밀로 하겠다고 생각했다.

*

어느 저녁 나는 헨리의 집, 스피커 위에 앉아서 부코우스키를 읽고 있었다. 헨리는 옥상에 있었고, P는 스피커 아래 늘어져 있었다. 나는 책의 한 장면에서 아주 오래전에 보았던 한 영화가 떠올랐다. '술고래들'이라는 제목의, 오래전에 EBS에서 보았던 미국영화. 처음부터 끝까지 등장하는 모든 인물들이 술을 마시고, 마시고, 또 마시고, 취하고, 또 취한 채로, 다시 마시기를 거듭하는 게 내용이자 주제이자 형

식이었던 그 괴상한 영화. 영화가 끝나고 자막이 올라갈 때 나는 미친 듯이 맥주가 마시고 싶어졌었다.

그거 각본을 부코우스키가 쓴 거야. 어느새 내려와 주방을 뒤지던 헨리가 말했다. 우와. 나는 그 괴상한 영화에 대한 기억을 더듬기 시작했다. 화면 바깥까지 진동했던 싸구려 포도주의 냄새, 취하고 또 취한 채로 더럽게 아름답던 미키 루크와 페이 듀나웨이. 그들을 둘러싼 휘청거리는 다운타운 로스앤젤레스의 풍경까지. 역겹고 또 아름다웠던 그 미친 이야기를.

*

다음 날 정오, 나는 맨발로 옥상의 파라솔 탁자에 앉아 소설의 가장 비관적인 부분을 고친다.

쓰고, 다시 고친다. 쓴다.

마음이 점점 어두워진다.

주위를 돌아보면 빛으로 가득하다. 좋은 날씨, 이것은 글쓰기에 완벽한 환경이다.

아마도?

하지만 나는 쓰고 싶지 않다. 기분이 좋아지는 것을 하고 싶다.

*

6월이 끝나가는데 아직 다음 달에 지낼 집을 구하지 못했다.

*

P와 모마에 갔다. 특별전이 열리고 있는 6층을 둘러보다 미술관과 상점의 경계가 궁금해졌다. 원래 둘은 같은 것이 아닌가? 갤러리는 일종의 상점이 아닌가, 혹은 상점은 일종의 갤러리가 아닌가. 한층 내려오자, 일반인을 위한 현대미술 안내서를 펼쳐놓은 듯한 풍경이 펼쳐졌다. 미로와 클레 그리고 마그리트 앞에 오래 머물렀다. 4층에는 프랜시스 베이컨의 '회화'가 있었다. 조명을 받은 유리 액자가 그림 대신 멍청한 표정의 나를 반사해냈다. 인상파의 작업들은 대체로 지겨웠다. 그들이 포착해낸 찰나들이 가뜩이나 혼란스러운 나의 현실을 증폭시키는 듯했기 때문이다. 그 덧없는 빛의 산란들, 그것을 더듬는 손길이 말할 수 없이 지겨웠다.

*

그리고 계속해서 글을 썼다, 옥상에서. 구석에 놓인 화분 속에는 딸기가 자라고 있었다. 그 위로 작은 새들이 내려앉아 노래했다. 하늘은 구름과 함께 푸르고, 눈을 들면 관광엽서 같은 풍경이 펼쳐져 있었다. 스피커에서 에어의 '플레이그라운드 러브'가 흘러나왔다. 완벽한 순간이었다. 모든 것이 맞아 떨어진 그 완벽한 순간, 나는 아이러니하게도 아무것도 느낄 수 없었다. 그것은 모든 종류의 부정성이 제거된 무감함에 가까웠다. 나는 그것을 느꼈다. 그곳에서 글을 쓰면서 자주 오래 느꼈다.

*

어느 오후에는 브루클린 다리를 건넜다.

우리의 손에는 아이스크림이 들려 있었다. 브루클린 다리. 거대한, 나무와 철로 된 아름다운

19세기의 다리.

비를 가득 머금은 검은 구름이 우리를 바짝 쫓고 있었다.

곧 우리는 구름 속에 있다.

거대한 구름이 우리를 감싸 안았다.

멀리 끝없이 솟은 다리의 입구가 보인다. 그것은 돌로 만들어진 것이다.

바닥은 나무로 되어 있다.

사선으로 된 난간들이 부채꼴 모양으로 벌어지고

바다와 브루클린, 그리고 구름의 끝이 보였다. 구름의 중심은 검지만 가장자리는 연한 회색이다.

그것은 유화물감의 색, 징크화이트와 약간의 블랙을 섞으면 만들어 낼 수 있다.

(거기에 약간의 코발트블루를 섞자.)

돌아보면 구름이 맨해튼 섬을 완전히 덮었고, 구름의 끝은 강의 끝에 닿아 있었다. 그 너머 푸른 하늘과 은빛 구름이 보인다. 고층빌딩을 경계로 절벽처럼 끊긴 맨해튼 섬과 항구, 정박한 배와 철골구조물 그리고 구름과 다리의 난간 사이로 보이던 약간의 하늘.

구름이 밀려오고 밀려가는 사이 잠깐, 하늘이 오렌지색으로 빛났다.

비가 쏟아지기 시작했다.

우리는 다리 아래로 뛰어들어가 비가 그치기를 기다렸다.

나는 스케치북을 꺼내 비가 오기 직전 구름으로 뒤덮인 불길한 맨해튼의 남쪽 하늘을 그리기 시작했다.

우리와 함께 온 사람들은 잠시 머물다 사라졌다.

나와 P는 1시간 동안 머물렀다.

다시 비가 잦아들자, 거리는 금세 오븐 안처럼 따뜻해졌다.

밖으로 나오자 푸른 잔디가 펼쳐져 있었다.

우리는 길을 잃었다.
또다시 길을 잃었다.

*

집으로 돌아왔을 때, 불꽃놀이가 시작되어 있었다. 창 너머로 그것을 구경했다. 하늘이 여러 가지 색으로 환해지며 흔들렸다.

*

집을 구했다. 샌프란시스코행 비행기 티켓을 샀다.

*

어느 날 집으로 찾아온 헨리가 우리를 집에서 쫓아내려고 한 것을 정식으로 사과하더니(이라크 전쟁과 오키나와로 떠난 약혼녀와 뉴욕의 숨 막히는 분위기를 핑계 삼으며), 이곳에서 계속 지내도 된다고 말했다. 그가 제시한 금액이 내가 계약한 집의 3분의 1밖에 안 되었으므로 나는 그러기로 했다.

그날 밤, 나와 P는 (헨리의 시시각각 변화하는 기분 상태가 너무나도 신기한 나머지) 지난 한 달간 그의 감정상태를 그래프로 그려보았다. 완성된 그래프는 역동적인 아름다움을 보여주었다. 그것은 아주 현대적이었다. 하긴 뉴욕 한복판에서 태어나 자란 그가 현대적이지 않는 편이 어려울 것 같았다. 그리고 그런 면에서 그는 전형적이었다. 그는 부시를 싫어하고 민주당에 투표하며 연대와 공동체 정신을 강조하는 세련된 뉴요커였다. 부시가 당선되던 날 그는 캘리포니아의 한 모텔에서 텔레비전으로 그 소식을 전해 들었고, 울었다. 그는 세상에 관한 온갖 종류의 음모론을 믿었으며, 텔레비전 앞을 떠나지 못했다. 그는 현대인이라면 가지고 있을 모든 종류의 문제를 갖고 있었다. 아마 그는 그 문제들을 해결하지 못할 것이다. 왜냐하면 그는 뉴욕의 삶을 포기할 수 없기 때문이다. 그것은 지금 세상에서 가장 값비싸고 세련된 막다른 골목이며, 레게와 두부샐러드 따위로 거기에서 탈출하는 것은 불가능하다.

*

한국에 돌아가면 무엇을 할 것인가, 그것에 대해서 나와 P는 자주 이야기했다. 돌아보면 그 이야기의 주인은 우리가 아니라 우리가 지낸

다운타운 맨해튼이었다. 거품호황의 절정에 닿은, 세계의 수도의 한 구석에서 우리는 젊은이들을 위한 최신식 유행에 동참했다. 독립잡지와 출판사를 떠들고, 모리세이와, 레너드 코헨과, 닉 케이브와, 그리고 크레프트베르크의 LP를 늘어놓는 레코드 가게를 구상했다. 하루 종일자 샤카의 덥Dub 음악을 틀어놓자. 구석에는 티볼리를 놓자, 그러자. 서점을 차리자. 리처드 브라우티건, 찰스 부코우스키, 루이-페르디낭 셀린느, 그리고 헨리 밀러를 번역하자. 채식 식당을 내자. 두부요리와 진저레모네이드를 팔자. 우주가 우리를 도우시므로 이 모든 계획을 실현하는 것이 100퍼센트 가능하다고 우리는 확신했다.

4.

혼자서

밤 11시. 휑한 집, 싱크대에 걸터앉아 노트북 화면을 들여다본다. 빈 접시와 술잔이 온 집에 널려 있다. 나는 찬장을 열고 새 와인 잔을 꺼내 수돗물을 따라 한 모금 마신다. 잔을 내려놓고 쓰레기봉투를 꺼낸다. 천천히 집 안을 산책하듯이 걸으며 쓰레기를 주워 담는다. 청소가 끝난 집은 어느 때보다 텅 비어 있다. 보기 좋다.

P가 뉴욕을 떠났다.

나는 또 다른 와인 잔을 꺼내 보드카를 따른다. 그리고 싱크대에 걸터앉아 다리를 흔들며 생각한다. 이라크전과 뉴욕의 배달음식, 햄튼의 전원주택, 그리고 브루클린의 해변가에 대해 순서 없이 고찰한다. 길고 쓸데없는 생각들. 〈빌리지 보이스〉를 펴 건성으로 넘긴다. 지금 이 곳은 아주 조용하다.

낮에, 이스트빌리지를 헤매다녔다. 세인트막스 거리는 레코드 가게와 일식당으로 가득했다. 바워리에 있는 한 카페에 들어가 차가운 코코아를 마시며 패트릭 마버의 《클로저Closer》를 읽었다. 스피커에서는 엘리엇 스미스가 흘러나오고 있었다.

피곤하다.

라디오를 틀자, 폭탄테러 소식을 전하는 뉴스가 흘러나온다. 미국의 뉴스 채널은 언제나 그런 소식으로 가득하다. 그것들은 할리우드 재난 영화처럼 초현실적이고, 장르적 재미를 준다.

별일이 없는 날(대개 별일이 없다) 헨리는 집에 틀어박혀 텔레비전을 본다. 말년의 헌터 톰슨처럼. 그는 9·11사건에 대한 트라우마가 있다. 그는 바로 이 건물의 옥상에서 그 테러를 목격했다. 여기서 월스트리트까지, 걸어서 딱 10분이 걸린다. 그가 뭘 봤을지 상상할 수 없다. 가끔 길을 걷다 문득, 여전히 같은 공포가 뉴욕을 덮고 있다는 느낌을 받는다. 실제로 지금 이 도시는 온종일 전쟁에 대해서 말한다. 현재의 전쟁과 미래의 전쟁, 그리고 과거의 전쟁. 오직 그것뿐. 전쟁. 전쟁에 관한 다큐멘터리, 전쟁에 관한 책, 전쟁에 관한 소문들….

그리하여 헨리는 테러에 관한 한계 없는 공포에 시달린다. 그는 끝없이 이라크전에 대해서 말한다. 독립기념일의 테러위험, 도시로부터의 탈출(뉴햄프셔가 대안이 될 수 있는가?)에 대해서. 나는 그것이 일종의 망상이라고 생각한다. 하지만 2개의 탑이 무너졌고, 하여 그 망상은 일종의 현실성을 갖게 되었다. 외상후스트레스장애 같은 거라고 생각한다. 하나의 세계가 끝났다. 사라졌고, 무너져 내렸다. 혼란에 빠져있는 사람들에게 곧 전쟁이 치료제처럼 주어졌다. 그것은 또 다른 세계를 끝장내는 것이다. 사람들은 더 큰 혼란으로 빠져든다. 아니야, 이건 아닌 것 같아. 아니야, 그게 맞아, 그걸 먹어. 입에 넣고 삼켜. 나는 사람들의 공포를, 헨리가 보는 것을, 여전히 이 도시를 가득 채운 공포를 본다. 하지만 여전히 상상할 수 없다. 여전히 나는 이 도시를 이해 못한다. 내가 아는 것은 그저 내 눈에 보이는 것이다. 그게 어떻게 생겨먹었는지, 어떤 식으로 빙글빙글 돌아가는지, 지금 내 눈앞에서, 그 모양, 그 색, 그 냄새, 그 소리, 그 소리를. 나는 이해할 수 없지만, 볼 수 있다. 알지 못하지만, 묘사할 수 있다. 내 시야와 귀에 들어오는 모든 것을, 나는 언어 속으로 구겨 넣을 수 있다. 그리고 지금 모든 것이 내 앞에 놓여 있다.

이곳에서, 공포는 외부에 있다.

그것이 뉴욕과 서울의 다른 점이다. 서울에서, 공포는 내부에 있었다. 그리고 나는 멀리 떨어진 이 두 도시의 공포가 연결되어 있음을 느낀다. 이게 바로 우리가 만들어낸 세계, 국제화다.

*

혼자가 되고 나서, 그동안 내가 혼자 있을 시간을 절실히 필요로 했음을 깨달았다. 나는 글쓰기를 중단하고 어정쩡하게 시간을 흘려보냈다. 헨리의 약혼녀가 돌아왔고, 둘은 함께 미드타운의 집으로 떠났다. 다시 돌아왔고, 그리고 떠났다. 나는 혼자서 걷고, 영화를 봤다. 혼자서 쇼핑을 하고, 공연을 보러 갔다. 저녁에는 대개 욕실에 틀어박혀 있었다. 반쯤 열린 욕실 문 너머에 놓인 노트북에서는 늘어지는 덥 음악이 흘러나왔고, 나는 물에 잠긴 채 바닥에 널린 책과 잡지들, 그리고 보드카 잔을 순서 없이 들었다 놓았다. 물에서는 잘 익은 라즈베리향이 났다.

*

어느 해 질 무렵 나는 집 앞 빨래방 앞에 앉아 읽다 만 책을 넘기며 빨래가 끝나기를 기다리고 있었다. 한 손에 CD플레이어를, 다른 한 손에 커다란 빨래주머니를 든 여자애가 내 앞을 스쳐 지나가고 있었다. 나는 그녀를 바라보며 빨래를 끝내고 살 것들에 대해 떠올렸다. 다크초콜릿(에스프레소빈이 든 것 하나, 플레인 하나), 홍차, 그리고 달지 않은 두유를 사야 한다. 저녁은 바워리에 있는 홀푸즈에서 때워야겠다….

책을 덮고 고개를 들었다. 건너편 빌딩에 뭔가 쓰여 있는 게 보였다. 낙서 같지만 자세히 보면 광고다. HBO가 이 동네에서 뭔가 찍고 있다. 주말마다 집 앞 골목에서는 작은 축제가 열린다. 헨리는 그게 싫다. 시청에 항의전화를 걸고, 옥상에서 시끄럽게 레게를 틀어서 저 빌어먹을 축제를 망하게 하겠다고 그는 마주칠 때마다 말한다.

*

한번은 헨리가 말했다. 사람들은 나처럼 살고 싶어 하지. 하지만 나는 그들처럼 살고 싶어, 평범하게.

*

길을 건너다 문득 눈에 들어온 윌리엄스버그 다리는, 어린 시절 한 영화에서 봤던 바로 그 장면이었다.

거리. 자동차. 다리. 그리고 그것을 덮은 몇 겹의 구름들.
블루/티타늄화이트/그레이로 이루어진.
그리고 지상을 향해 사선으로 떨어지던 황금빛 햇살.

*

어느 날 집에 돌아왔을 때 옥상에는 헨리의 약혼자가 있었다. 그녀가 말했다. 나 이 노래가 좋아. 가사가 뭐냐면, 미안해 엄마 나 오늘도 집에 못 들어가요 그이랑 있어요 나 그이랑 떡을 칠 거야 하지만 엄마는 날 혼낼 수 없지 왜냐면 엄마는 내 엄마니까 날 사랑하니까 I'm sorry mama cause I couldn't come home tonight again I'm with him I'm going to fuck with him but you will never judge me cause you are my mother you love me

*

케이타운에 갔다. 순두부찌개를 먹었다. 세포라에 갔다. 새 향수를 샀다. 반즈앤노블에 갔다. 돈 드릴로의 신작 소설을 들춰보았다. 소설은 이렇게 시작한다. 그것은 더 이상 하나의 거리가 아니었다. 내려앉는 재로 이루어진 또 하나의 세계, 거의 밤에 가까운, 하나의 시간이자 공간이었다. 그것은 2001년 9월 11일 뉴욕에 대한 묘사였다. 나는 그가 그려내는 장면을 볼 수 있었다. 왜냐하면 나는 지금 거기에 있으니까, 지금 내가 있는 도시가 바로 거기니까. 필름포럼에 들러 영화를 보았다. 하스턴 길을 따라 집으로 돌아왔다.

*

2007년 7월 4일의 뉴욕은 조용하고 평화로웠다. 불꽃놀이가 있었다.

*

헤어조크의 신작 영화를 보았다. 그것은 베트남전에 관한 영화였다. 영화를 보기 전, 커트 보네거트의 《제5도살장》을 읽었다. 그것은 2차 세계대전, 아름다운 도시 드레스덴의 폭격에 관한 책이었다. 집에 돌아와 라디오를 틀자 이라크전에 관한 소식이 흘러나왔다.

*

열기로 가득한 한낮의 브로드웨이를 열다섯 블록 걸었다.

소닉 유스의 콘서트 티켓이 도착했고,

베르너 헤어조크의 에세이집을 샀다.

늦은 밤 라디오에서는 '코코 퓨어 초콜릿 티'라는 것에 대한 광고성 설교가 끝없이 흘러나온다.

다시 글쓰기를 시작했다.

지겹다.

*

다운타운에서 커다란 개가 작은 개를 물어뜯는 장면을 보았다. 작은 개의 주인인 여자가 몸을 낮춘 채, 짐승처럼 울부짖었다.

*

소닉 유스의 콘서트에 갔다. 공연은 브루클린에 있는 맥캐런 공원 안의 수영장에서 열렸다. 수영장은 현재 쓰고 있지 않지만, 여전히 수영장으로 불렸다. 아주, 지나치게, 바보같이 커다란 수영장이었다. 맥주를 한 잔 사 들고 오프닝으로 나온 레게 밴드의 음악을 건성으로 들으며 소닉 유스에 대해서 생각하기 시작했다. 공연에 가긴 했지만 사실 그때 나는 소닉 유스에 별 관심이 없었다. 전설의 데이드림 네이션 앨범을 예의상 가지고 있는 정도였다. 하지만 내 주위의 모두가 소닉 유스를 좋아했고, 그리고 그들은 뉴욕 밴드이고, 그런데 여기는 뉴욕이고, 티켓 값은 30달러밖에 하지 않았으므로 나는 그곳에 갔다. 심지어 나는 그때까지 서스턴 무어와 킴 고든이 어떻게 생겼는지도 몰랐다. 그러니 공연이 시작된 뒤 내가 당황한 것은 당연하다. 방금 〈보그〉의 화보촬영을 하다가 뛰쳐나온 사람들처럼 근사한 4명이 무대에 등장하더니 데이드림 네이션을 순서대로 연주하기 시작했다. 짧은 스트라이프 원피스를 입은 킴 고든은 내내 무표정했고, 그것은 진정 근사했다. 천천히 해가 졌다.

Come on down to the store, 킴 고든이 속삭였다. 무례한 목소리로,
You can buy some more, and more, and more, and more

You can buy some more, and more, and more, and more, and more, and more and more and more and…

어느새 수영장은 사람들로 꽉 차 있었다. 서스턴 무어가 더 원더를 부르기 시작했다. 무슨 일인지 흥분한 관객들이 싸우기 시작했다. 오렌지빛 조명 아래에서, 서스턴 무어가 미친 가사를 소리쳐댔다. from

Bowery to Broome to Greene, I'm a walking lizard…

지금도 데이드림 네이션을 들으면, 까칠까칠한 뉴욕 다운타운의 거리와 찌는 햇살과 매연을 느낄 수 있다. 소닉 유스는 진정한 뉴욕의 동네 밴드다.

*

윌리엄스버그의 한 카페에서 글을 고치다가, 나한테 한국은 영감을 주는 나쁜 애인 같은 것이 아닌가 하는 생각을 했다. 그리고 내 글은 그 나쁜 애인에게 보내는 애증의 연애편지 같은 거. 그러니 그 애인과 헤어지고 나면 나는 더 이상 글을 쓸 필요가 없을지도 모르겠다. 그러면 나에게 남는 것은 뭘까? 아마도 이 얄팍한 취향들, 욕조에 잠겨 뷔히너를 읽거나 혹은 주말의 피터 그리너웨이 회고전에 가기 위한 지겨운 노동밖에 남지 않게 되겠지. 하지만 나는 그 이상을 원한다. 물론 나는 언제나 온갖 얄팍하고 화려한 것들에 매혹되어 있으나,

모르겠다, 나는 여전히 한국보다 흥미로운 장소를 알지 못한다. 내가 올해 봄과 여름 목격한 서양 도시들은 죽어 있었다. 아니, 죽어가고 있었다. 물론 거기에도 나름 많은 문제들이 있을 것이다. 그러나 그

것들은 한국이 가진 문제들에 비하면 시시해 보인다. 9·11 이후 뉴욕이 가진 공포는, 지난 100년간 한국이 키워온 공포에 비하면 아무것도 아닌 듯 느껴진다.

*

뉴욕. 지구상 가장 돈을 쓰기 좋은 도시. 이곳에서의 삶이란 뭔가를 사고, 뭔가를 사고, 다시 뭔가를 사는 것의 끝없는 이어짐 같다. 어, 도시의 삶, 봄의 끝, 시작된 세일은 끝을 모른다.

어느 날씨 좋은 오후, 맨해튼의 고급 아파트 창 너머 눈에 들어온 도시의 풍경은 근사했고, 나는 그 풍경에 달린 가격표를 볼 수 있었다. 바코드 스캐너로 찍으면 엄청난 가격이 나올 것이다. 중앙공원이 무료라는 사실이 가끔은 농담 같다.

지난 몇 달 동안 나는 아직도 사회주의의 그림자가 짙게 깔린 중부유럽에서 자본주의의 최전선 미국의 심장부로 이동했다. 프라하에서 사람들은 모두가 구질구질한 사회주의의 흔적을 잊고 싶어 했고, 그들의 욕망에 부응하여 도시는 빠른 속도로 자본에 잡아먹히고 있었지만 그래도 여전히 거기에는 인간을 위한, 혹은 인간적인 어떤 것이 남아 있었다. 그에 비하면, 사회주의적인 전통이 거세된 이곳에서 사람들은 일테면, 유기농 식재료로 자본주의에 대항한다. 이 달걀은 자유롭게 놓아 키운 닭에게서 얻은 것입니다. 이 두유에는 설탕이 들어 있지 않아요. 이 커피는 공정무역 커피콩을 사용합니다. 이곳에서 유기농 식재료는 유행이나 상류층의 생활양식을 나타내는 표식이라기보다는 지금 선택할 수 있는 가장 합리적인 선택에 가깝다. 당연히 이것이 어떤 다른 삶, 좀 더 나은 미래를 위한 첫걸음 따위는 될 수 없다. 그저 또 하나의, 다듬어지고 세련된 생활양식일 뿐이다.

*

하지만 결국 이곳에서 나는 타인이다. 하지만 한국에 가면 내부자가 되는가? 이 도시는 나의 도시가 아니다. 하지만 어떤 도시가 나의 도시인가? 나는 이곳에서 어색하다. 하지만 어색하지 않은 장소가 있는가? 결국 지금 내가 깨닫는 것은, 이 낯설음에서 벗어나는 오직 한 가지 방법은, 더 낯선 나라로 도망치는 것이라는 사실이다. 예를 들어, 케이프타운, 더블린…, 어디든. 외국어가 주는 낯섦에서 벗어나는 것은 또 다른 이해할 수 없는 외국어로 도망치는 것이다. 언어들을, 가능한 많은 언어들을, 뒤죽박죽 섞을 것.

*

글쓰기가 끝났다. 냉장고에 있는 것은 반쯤 남은 보드카. 지갑에는 딱 1달러가 남아 있다. 주위에 아무도 없다. 너무 늦었다.

보드카를 꺼내 잔에 따른다. 아무것도 섞지 않았지만 마치 설탕에 절인 듯 끈적끈적한 단맛이 난다. 나에게 그것은 브룸 거리의 맛. 이 오래된 아파트, 삐걱거리는 나무 바닥과, 피곤한 아이보리색 카펫과, 그리고 창문 밖으로 보이는 낡은 아파트들, 고동색을 띠는 로어이스트사이드의 맛. 바로 그 맛이 여기 있다.

*

홀푸즈에 가서 베이글, 브리치즈 두 덩어리, 미니 바게트, 설탕을 넣지 않은 딸기잼을 샀다. 집으로 돌아오는 길, 손목시계가 죽었다. 유튜브에서 김연아의 새 갈라 '저스트 어 걸Just A Girl'을 봤다.

*

첼시와 미트패킹의 갤러리들을 구경했다. 폐공장, 새로 들어선 고급 콘도, 철골구조물로 이루어진 풍경. 철제펜스 안의 시든 나팔꽃들. 뉴욕의 풍경은 나이를 먹은 탓인지, 오래되고 흐릿하다. 돌아오는 길, 필름포럼에 들러 우디 앨런의 '맨해튼'을 보았다. 낮에 본 광경이 영화 속에 들어 있었다. 20세기의 도시.

*

〈빌리지 보이스〉에 박진영이 나왔다. 사진 속에서 그는 중국옷을 입고 있었고, 42번가의 펜트하우스에서 살고 있다고 했다.

*

Mr. Blairstowe and Mr. Partridge 블레어스토 씨와 패트리지 씨
They said to me 그 사람들이 그랬어요
To get a mortgage 주택담보대출을 받으려면
You need an income lid 소득증명이 필요하다고
I thought it was free…[2] 난 그냥 주는 건 줄 알았죠

*

2) 〈마운틴 에너지Mountain Energy〉 by The Fall

내가 가장 좋아하는 날씨는 큰비가 온 다음 날의 날씨, 오늘 아침이 바로 그랬다. 그러나 금세 도시는 열기로 달아올랐고, 딜렌시 역에서는 거의 숨도 쉴 수 없을 정도였다. 설상가상으로 20분 넘게 기다려도 지하철이 오지 않았다. 뜨거운 거리를 헤매다니다 보니 자극적인 게 먹고 싶어져서 차이나타운에 갔다. 매운 돼지고기 덮밥을 먹었다. 슈퍼마켓에 가서 1달러짜리 알람시계를 샀다. 차이나타운이 있는 캐널 거리는 진짜 다운타운 뉴욕 같았다. 즉, 초기 뉴욕의 흔적이 아주 잘 간직되어 있다. 이곳의 뉴욕은 체스판 같지 않다. 길은 삐뚤빼뚤하고 울퉁불퉁하다. 맨해튼 다리로 향하는 길, 늘어선 강렬한 차이니즈 레드 컬러의 상점들. 더위 속을, 나는 거의 졸며 걸었다. 늦은 오후.

*

영화 '워킹 투 베르너'를 봤다. 감독 베르너 헤어조크의 광팬인 한 미국인이 할리우드에 있는 그의 집까지 걸어서 간 다음에 못 만나고 돌아온다는 내용의 영화였다. 그가 영화를 찍은 데는 별 의미가 없어 보였다. 그저 심심해서. 그 영화를 보러 간 나도 마찬가지였다. 그저 심심해서. 관객은 나를 포함하여 3명이었다. 극장은 너무나도 컸고 또 밋밋했고 그래서 얼마간 소비에트 시절의 유적지처럼 보였다.

영화에는 많은 사람들이 나온다. 모두가 동네에서 마주칠 만한 평범한 주민들이다. 그들은 '치터스Cheaters'에 나오는 비참한 하층민 같지도 않았고, 뉴욕에서 마주치는 세련된 도시인 같지도 않았다. 나는 깨달았다. 아, 나는 뉴욕에 있는 거지. 미국에 사는 게 아니지. 내가 프라하에서 지낸 게, 체코에서 살았던 게 아닌 것처럼. 저 영화 속 미국인들은 유기농 무설탕 두유에 집착하지 않을 것이다. 대신 그들에겐 진한 우유랑 초코바가 가득한 슈퍼마켓이 있을 것이다. 나는 그 미국을 모른다. 관심 없다.

*

윌리엄스버그의 끄트머리, 텅 빈 거리를 헤매다니며 사진을 찍었다. 사람들이 다가와 왜 관광지도 아닌 이런 동네를 찍고 다니는지 물었다. 혹시 사진작가인가요? 내 손에 들린 것은 고작 50달러짜리 소련제 플라스틱 카메라였는데, 묻는 사람들의 눈빛은 진지했다. 혹은 이따금 달리던 트럭이 멈추어서 자신을 찍어달라고 했다. 그렇게 했다. 저녁을 먹고 근처의 극장에 가서 '로스트 보이즈Lost boys'라는 말도 안 되는 1980년대 영화를 보았다. 분위기는 떠들썩했고 우리들은 즐거웠다.

*

'끝이 안 보인다 No End In Sight'를 봤다. 이라크전에 관한 다큐멘터리 필름이다. 화면에 도널드 럼즈펠드가 잡히자 극장 안의 모든 관객들이 야유했다. 화면 속에서, 이라크 박물관 직원이 유물이 다 파괴되었다며 서럽게 울었다. 그들은 유전을 지켰다. 유전을 빼고 아무것도 지키지 않았다. 자막에는 그렇게 쓰여 있었다. 박물관과 도서관이 모두 부서졌다. 아이들은 흙과 풀을 먹는다. 시작에서 끝까지 카오스라는 단어가 수십 번 반복되었다.

황폐화된 이라크의 풍경을 보면서 나는 전후 한국을 떠올렸다. 모든 것이 무너져 내린 땅에서 처음부터 다시 쌓아올려야 했던 나라. 아무도 그 파괴를 책임지지 않았고, 사람들은 이유도 모른 채 갈래갈래 찢긴 채 싸우고 또 싸웠다. 그러는 사이 모든 정신적·물질적 유산들은 파괴되었고 남은 것은 내면이 없는 속물들 혹은 돈에 사로잡힌 동물화한 인간들이다.

한국이 지옥인 이유는 당연하다. 무책임한 살육과 독재, 무계획적인 파괴와 증축은 영혼을 파괴한다. 같은 일이 이라크에서도 벌어지고 있었다. 한국 또한 거기에 한 발을 담갔다. 좀 더 많은 부富를 위해(혹은 살아남기 위해?). 과연 한국은 달라질 수 있을 것인가? 다시 말해, 영혼을 갖게 될 수 있을까? 풍요 속에서 태어난 아이들이 부모의 돈으로 교양을 쌓고, 3개국어에 능통해진 채, 전 세계를 돌며 커리어를 쌓게 된다고 하더라도, 그것을 통해 그들이 영혼을 갖게 될 수 있을까? 아니, 그런 식으로는 어떤 가치도 태어나지 않는다. 한국은 저주받았다. 그리고 그런 식의 저주를, 미국이 이라크에 퍼붓고 있다. 오직 유전 때문에?

*

마지막 날. 점심쯤 나가 한국의 친구들에게 줄 선물을 사고, 밥을 먹고, 거리를 헤매다 시계를 보니 5시가 채 안 되었다. 더 이상 할 게 없었다. 약간 허무한 기분으로 길가 벤치에 앉았다. 한 남자가 바이올린으로 감상적인 곡을 연주했다. 나는 감상에 젖어 그의 모자 속에 1달러를 넣었다. 돌아오는 길, 홀푸즈에 갔다. 빵을 집는 손들 사이로 나도 빵을 집었다. 그리고 목적 없이 슈퍼마켓 안을 배회하다가 다시 빵을 쏟아놓고 밖으로 나왔다. 브로드웨이 길을 따라 걸으며 곧 이곳을 떠나야 한다고 생각하자 갑자기 뉴욕이 참 멋있게 느껴졌다.

집으로 돌아와 냉동 야채파이를 전자레인지에 돌리며 라디오를 틀었다. 한국인들이 아프가니스탄에 잡혀 있다고 한다. Why did they go there? 누군가 그렇게 물었다. 어떤 미국 여자가 쓴 소설에, 뉴욕의 라디오가 하도 살인 · 방화 · 전쟁 · 테러 같은 소식만 전하는 것이 지긋지긋하여 5분에 한 번씩 날씨를 말해주는 라디오 채널을 틀어놓고 있다는 구절이 있었다. 이해가 간다.

짐을 놓고 다시 밖으로 나가 브룸 길을 따라 걸었다. 해가 지고 있었다. 거리는 어둡고 조명이 빛나기 시작했으나 아직 하늘은 푸르고 환했다. 습관처럼 때때로 멈춰서 차가 없는 거리를 바라보았다. 모든 것은 직선이었고, 건물들은 빳빳하게 서 있었다. 오래전, 한 책에서 셀린느가 시니컬하게 묘사했듯이.

소호의 새로 연 서점에서 조지 오웰의 책을 발견했다. 그는 열 살도 되기 전에 자신이 작가가 될 것을 알았다고 했다. 굉장히 예쁘게 생긴 책이었다.

*

도시와의 헤어짐은 사람과의 헤어짐에 비하면 슬픈 것이 없다. 그것은 언제나 그 자리에 있으니까. 돌아가면 되니까. 어, 그러면 되니까.

SLOW
KOOL MAN
Sundae
SOFT ICE CREAM

5.

세면대의 타월들

해가 뜨기 전 뉴욕을 빠져나왔다. 밤에 도착해서 밤에 떠난다. 택시 밖으로 보이는 모든 길이 익숙하다. 밤의 브룸 길은 영화 세트장 같다. 습기 때문에 좀이 슨 나무판자로 이루어진 영화 세트장. 다시 말해 에드워드 호퍼 풍의 풍경. 늦은 밤 혼자 걸어 집으로 돌아올 때 함께하는 것은 산더미처럼 쌓인 쓰레기봉지와 쥐, 그리고 커다란 바퀴벌레뿐일 때, 눈물조차 말라붙게 하는 그런 외로움으로 가슴을 저며오는.

올 때와 달리 아무 문제도 없었다. 비행기는 정시에 출발했고, 정시에 도착했다. 샌프란시스코에 도착하자, 하늘이 맑았다. 안개도시라고 쓰인 택시의 기사는 명랑한 중국인이었다. 뉴욕에서 종일 구글맵을 들여다보며 상상했던 것과, 그 도시는 정확히 같았다.

노스비치에 있는 녹색 거북이라는 이름의 호스텔에 방을 구했다. 늦은 오후 해가 스며든 메인홀과, 푸른 양탄자가 깔린 좁은 복도가 예뻤다. 체크인을 하고, 짐을 내려놓은 뒤 근처 멕시코 식당에 가서 부리토를 먹었다. 창밖으로 비트 박물관이 보였다.

정신을 차려보니 나는 비트 박물관의 한구석, 켄 키지의 소설이 잔뜩 쌓여 있는 책장 앞에 서 있었다. 남자직원이 다가와 소프트한 캘리포니아식 억양으로 물었다.

켄 키지를 좋아하나봐.
아, 요새 쿨-에이드 책[3]을 읽고 있어서.

서점을 나와 브로드웨이 길을 따라 조금 걷자 바다가 나왔다. 잘 청소된, 반짝반짝하고 명쾌한 느낌의 바다였다. 날씨가 너무나 좋다. 도시가 아름답다. 이건 마치, 깨끗한, 여름 버전의 프라하 같다. 차이나타운마저 뉴욕보다 깨끗했다. 이 도시가 마음에 든다.

*

3) 《일렉트릭 쿨에이드 에시드 테스트 Electric Kool-aid Acid Test》 by Tom Wolfe

달리는 트럭 뒤에 타면 보이는 건 샌프란시스코, 데굴데굴 언덕을 굴러 내려가는, 해안가를 향해 끝없이 난, 비틀거리는 창들과, 탁 트인 전망의 슬럼가들, 언덕을 따라 데굴데굴 주루룩주루룩 흘러내리는 도시 샌프란시스코….[4]

*

샌프란시스코는 언덕으로 이루어져 있다. 언덕을 기어 올라가고 기어 내려가고 다시 기어 올라가다 보면 어느새 안개에 쌓인 새하얀 도시의 풍경이 펼쳐진다. 사방에는 퇴창이 달린 빅토리아풍의 귀여운 집들이 늘어서 있고….

*

하이트 애쉬버리에 갔다.

*

4) 《일렉트릭 쿨에이드 에시드 테스트 Electric Kool-aid Acid Test》 by Tom Wolfe

헌책방에서 책을 몇 권 샀다. 태국 식당에서 밥을 먹고, 골든게이트 공원으로 향했다. 입구에 아메바라는 이름의 유명한 레코드 가게가 있었다. 들어서자마자 정신을 놓고 CD를 쓸어담았다가, 다시 내려놓고는, 다시 쓸어담기를 반복했다. 밖에 나오자 몹시 추웠다. 너무 추워서, 빈티지 상점에 들어가 보라색 코트를 샀다. 그리고 그대로 코트를 껴입고 카페에 들어가 뜨거운 커피를 마셨다.

카페 구석에 놓여 있는 여행 잡지, 첫 구절은 마크 트웨인이 말하길, 샌프란시스코의 여름은 겨울보다 춥다.

다시 거리로 나오자 히피들이 공연을 하고 있었다. 드레드 머리를 한 나이 든 남자가 북을 치며 걸걸한 목소리로 비틀스의 '컴 투게더'를 불렀다. 그 옆에는 한 여자애가 고개를 땅에 박은 채 괴로워하고 있었다. 남자는 소리 질렀고, 컴 투게더, 히피 차림의 젊은 애들은 춤을 추었고, 여자애는 계속해서 괴로워했다. 아무도 그 여자애를 신경 쓰지 않았다. 축제와, 한 사적인 고통이 거기 놓여 있었고, 그것을 종합한 풍경은 완벽하게 캘리포니아 식이었다.

*

이곳은 뉴욕과 다르다. 모두가 느리게 말하고 모든 것이 좀 더 연약해 보인다. 하얗고 텅 빈 로워하이트 거리를 가로지르는 남자애들은 브라우티건 소설 속 주인공들처럼 부서질 듯 위태로워 보인다. 그것은 아름답다. 그것은 슬프다. 그 크고 텅 빈 남자애들의 등짝을 보면 가끔 엉엉 소리 내어 울고 싶어졌다.

*

늦은 밤, 호스텔의 볼룸에서는 비틀스의 '와일 마이 기타 젠틀리 윕스while my guitar gently weeps'가 흘러나온다. 금요일, 공짜 맥주의 밤!

*

버클리에 갔다. 햇살 속을 걷고 또 걸었다. 느리게, 느리게 뛰는 심장소리보다 더 느리게 걸었다. 햇살 속에서, 온몸이 버터처럼 녹아내리는 듯했다. 돌아오는 길, 지하철에서 굿바이 키스를 나누는 한 연인을 보았다.

*

호스텔의 휴게실에서 한국인을 만났다. 그는 내가 이 호스텔에 있는 것을 이상하게 생각했다. 피셔맨즈 워프에 있는 호스텔에 한국 사람들이 많아요. 그가 말했다. 하지만 이 호스텔은 걸어서 1분 거리에 래리 플린트의 스트립 클럽이 있다구요. 망한 농담이라고 생각되었으므로, 생각만 하고 말하지는 않았다. 그는 한국에서 직장을 다니고 있다고 했다. 나는 기금을 받아서 뉴욕에서 지냈다고 했다. UN기금이냐고 그가 물었다.

*

어느 날은 미션 거리를 헤매다녔다. 평화로운 발렌시아 공원…이 내다보이는 카페테라스에 앉아 사치스럽게 시간을 흘려보냈다. 늦은 오후, 느리게 달리는 전차의 창 너머로 보이는 하늘은 형광 오렌지빛이었다. 시간이 어느 때보다 느리게 흘러가기 시작했다. 꿀처럼 진한 황금빛 노을이 어깨 위로 쏟아져내렸다. 손을 뻗으면 그걸 만질 수 있을 것 같다는 생각이 들었다.

캘리포니아,

집에 도착한 아이팟 상자를 뜯던 순간을 기억한다. 캘리포니아. 상자에 찍혀 있던 그 낱말을 똑똑히 기억한다. 그게 뭘 의미하는지 그때는 몰랐나. 그리고 이제 알겠다. 애플은 진정한 캘리포니아 회사다.

*

오늘은 너무나 춥고 회색이고 온통 안개로 가득했다. 일기 예보에 의하면 떠나는 날까지 계속 그럴 예정이다. 좋은 날씨는 영영 떠났다. 심지어 비도 온다. 어쨌든 나는 또 하이트 거리에 갔다. 안개, 우울함, 슬픔 등의 감정을 느꼈다. 또 다른 여행잡지에서 샌프란시스코와 뉴욕의 여름 날씨에 관한 글을 읽었다. 뉴욕의 여름은 딱 두 단어로 설명할 수 있다. 못 견디게 더움. 그리고 샌프란시스코는 반대. 나는 지금 뼛속까지 시리다. 지난주에 산 보라색 코트로 겨우 버티고 있다.

낮에는 사촌에게 줄 선물을 사러 리바이스에 갔다. 월그린에서 비타민을 몇 통 샀다. 시티라이트 서점에서 부코우스키가 쓴 영화대본을 샀다. 장 뤽 고다르의 인터뷰집을 읽으며, 1960년대를 생각했다. 켄 키지를 생각했다. 파리에서, 고다르의 영화를 보는 수전 손택을 생각했다. 1960년대, 나는 그 시대를 모른다. 1960년대, 그 시대는 나에게 유적지다. 어쩌면 아버지가 안다. 1968년 그는 샌프란시스코를 방문했다. 그곳은 히피들로 가득했고 그는 그들이 싫었다. 여전히, 나는 1960년대를 모른다.

*

마지막 날, 호스텔을 나와 북쪽으로 향했다. 워싱턴스퀘어파크. 리처드 브라우티건. 피셔맨즈 워프에 갔다. 클램차우더를 먹었다. 안개와 질척한 습기, 그리고 푸른 하늘과 바다가 함께했다. 눈이 부셔서 바라볼 수 없을 만큼, 아름다운 뭔가-에 대해 생각했다. 그런 게 있을까? 존재할까? 그런 것을 손에 쥐었다가는 저주받지 않을까? 바닷가에서, 커다란 바닷새들이 애완동물처럼 관광객들을 졸졸 따라다녔다. 그것을 찍었다. 아주 많이 찍었다.

*

공항에서-

이어폰에서 톰 웨이츠의 '다운타운 트레인'이 흘러나오기 시작했다. Will I see you tonight on a downtown train? Where every night is just the same you leave me lonely…. 그리고 계속해서, 계속해서, 계속해서.

세면대의 타월들-

탑승구 앞 의자에 늘어져 있었을 때, 그 말이 떠올랐다. 어, 세면대의 타월들. 그동안 나는 아주 많은 종류의 세면대의 타월들을 지나쳤다. 몇몇은 리넨으로, 몇몇은 질 좋은 면으로 되어 있었고, 몇몇은 재생휴지, 몇몇은 나무바구니에, 몇몇은 철제박스에 들어 있었다. 화장실 세면대 타월의 다양함. 그게 어쩌면 내가 이번 여행을 통해 경험한 모든 것이다. 19세기 많은 유럽인들은 미국으로 왔고, 그게 그들의 모험이었다. 1960년대, 많은 동부인들이 서부로 갔고, 그게 그들의 모험이었다. 지금도 어떤 사람들은 이름 없는 적도의 섬으로, 열대의 밀림으로 향한다. 그건 그들의 모험이다. 그리고 지금 나는 내 모험 속에 들어 있다. 내가 선택한, 내가 만들어낸, 여러 가지 종류의 세면대 타월로 이루어진. 시시하고 멋대가리 없는, 나의 모험.

그리고 나는 그 모험을 끝내고 싶지 않았다. 계속해서, 계속해서, 나만의 이 무의미한 모험을 지속하고 싶었다. 세면대 타월의 목록을 끝도 없이 늘려가고만 싶었다. 내 나라, 한국에서 무슨 일이 벌어지든 상관없다. 그 나라가 통째로 바닷속으로 가라앉는다고 해도. 상관없다. 나는 계속해서 이 모호한….

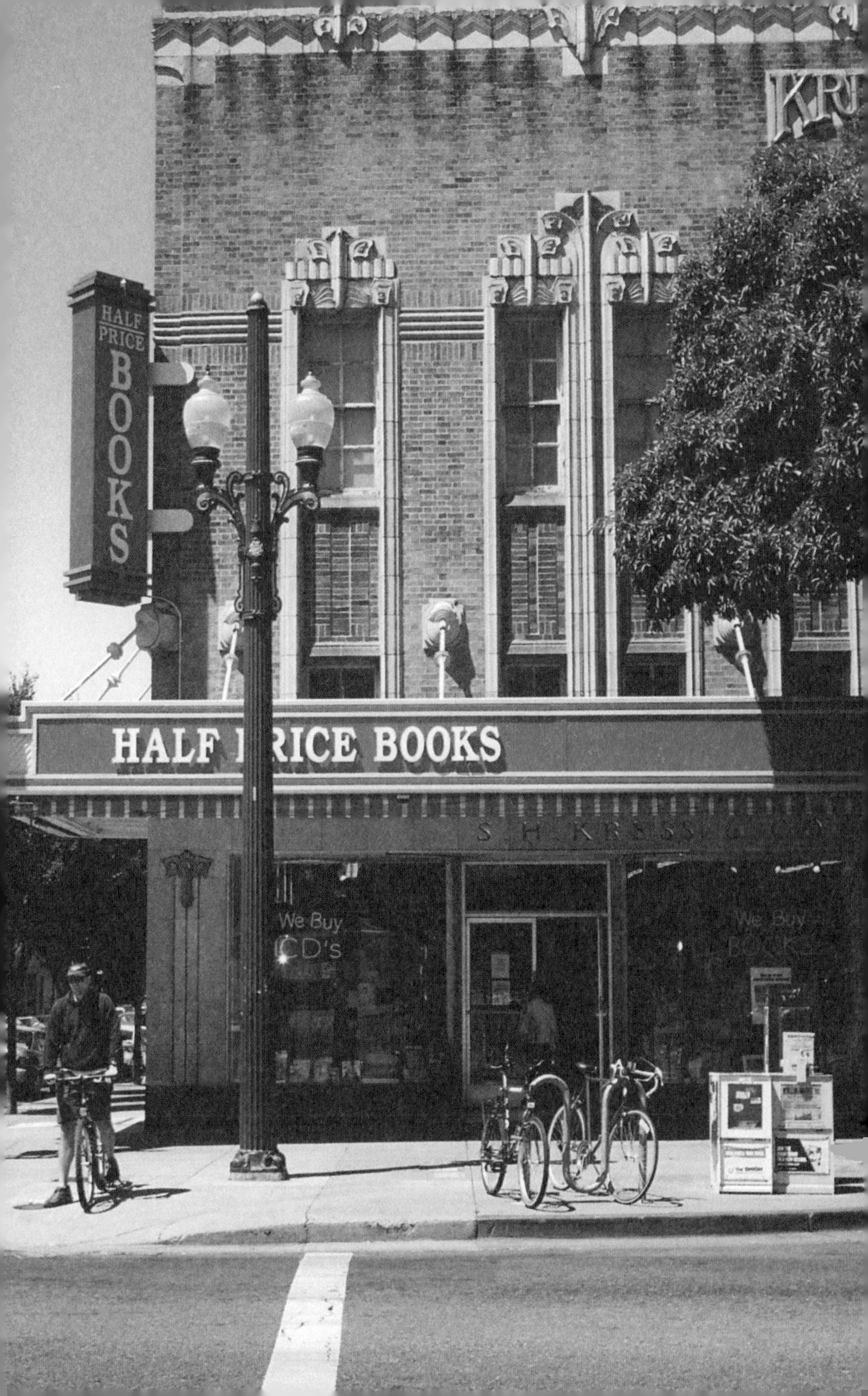
HALF PRICE BOOKS
HALF
RICE BOOKS
We Buy
CD's

PORTO
09'

포르투

6. 바닷가 도시

리스본 국제공항에서 시외버스터미널로 향하는 택시 안, 나는 도착한 지 2시간 된 처음 와본 도시에서 교통사고로 죽게 될 내 운명에 대해 생각하고 있었다. 차가 덜컹댈 때마다 택시기사의 목에 걸린 굵은 금목걸이가 흔들렸다. 어깨까지 오는 검은 곱슬머리, 두꺼운 테의 선글라스, 햇볕에 그을린 단단한 팔로 그는 내가 한 번도 본 적 없는 대담한 방식으로 핸들을 꺾어댔다. 평일 한낮의 왕복 10차선 도로를 택시는 말 그대로 지그재그로 달려갔다. 창밖으로 이국적인 리스본의 풍경이 휙휙 지나가고 있었고…, 더 놀라운 것은 그런 식으로 달리는 것이 내가 탄 이 택시뿐이 아니라는 거였다. 나는 왜 지구 반대편까지 날아와 자동차 추격장면을 찍고 있는가? 포르투갈은 평화로운 나라가 아니었나?

택시에서 내렸을 때 나는 내가 여전히 살아 있다는 사실이 믿어지지 않았다. 단지 죽지 않았다는 이유로 엄청나게 많은 팁을 택시기사에게 건넸다. 하지만 택시기사는 팁을 거절했다. 나는 이게 좋은 징조인지 나쁜 징조인지 어리둥절한 채로 짐가방을 밀며 버스 터미널로 들어섰다.

포르투행 버스표를 손에 넣고 나서도 나는 여전히 얼이 빠져 있었다. 더위에 얼굴은 땀범벅이 된 지 오래였다. 하지만 어디에도 에어컨은 없었다. 돈을 꺼내려고 ATM 기계로 갔다. 그것은 내가 가져온 세 종류의 국제 현금카드를 모두 뱉어내었다. 하지만 나는 놀라지 않았다. 여기는 유럽이다. 아무것도 안 되는 유럽에 나는 이미 꽤 익숙하다.

1시간 뒤 내가 올라탄 포르투행 버스가 출발과 동시에 도로에 뛰어든 남자 때문에 급정거했을 때도 나는 놀라지 않았다. 다시 출발한 버스가 거침없이 차선을 변경하며 무서운 속도로 질주하기 시작했을 때도 더 이상 놀라지 않았다.

마침내 버스가 포르투 시 외곽의 버스터미널에 들어섰을 때, 나는 안도할 힘도 남아 있지 않았다. 버스에서 내리자마자 건너편에 한 여자가 작은 베이지색 자동차에 기댄 채 나를 향해 환한 미소를 보내고 있는 것을 발견했다. 그녀는 깡마른 금발 남자와 함께였다. 그가 두 팔을 활짝 벌린 채 나를 향해 다가오더니 내 뺨에 키스를 하려 했다. 나는 놀라 허우적대며 뒷걸음쳤다. 나는 포르투갈이 프랑스처럼 비쥬 인사법을 쓴다는 사실을 몰랐다. 솔직히, 그때 나는 포르투갈에 대해서 아는 게 거의 없었다.

그 남자의 이름은 라울이었고, 내가 지낼 집의 주인인 마라의 친구였다. 우리는 라울의 차를 타고 마라의 집으로 갔다. 가는 도중 마라가 오늘 집에서 파티가 있다고 말했다. 나를 위한 환영파티라는 것이다. 집에 도착했을 때, 정말로 사람들이 하나씩 나타나기 시작했다. 그리고 그들은 오늘 파티의 주인공인 나를 버려두고 자기들끼리 놀기 시작했다. 나는 피곤에 절어 멍한 표정으로 무릎 위에 올려놓은 접시 속 완두콩 밥을 들여다보았다. 찰랑거리는 전자음악이 귀를 파고들었다. 정면에 보이는 발코니 너머, 붉은 지붕을 얹은 낮은 집들과 완만한 언덕이 한눈에 들어왔다. 그 위를 커다란 바닷새들이 빙빙 돌고 있었다.

라울이 팔뚝을 들이밀더니 여자친구가 디자인해줬다는 타투를 보여주었다. 태양을 뚫고 들어가는 정자야. 그리고는 노트북을 열어 자신이 찍은 사진들을 보여주었다. 그는 사진작가라고 했다. 발코니에는 한 영국 남자가 무릎을 꿇고 앉은 채 포르투갈어로 이야기하고 있었다. 그의 이름은 윌, 팔에는 종이팔찌가 채워져 있었다. 얼마 전 바르

셀로나에서 열린 '소나르Sonar 사운드 페스티벌'의 티켓 팔찌였다. 그는 그것을 성스러운 유물인양, 절대 자신의 손목에서 떼어놓지 풀지 않겠다고 맹세한 다음 소나르에서 가장 감동적이었던 순간 – 미키마우스 귀가 달린 헬멧을 쓴 디제이의 공연에 대해서 말하기 시작했다. 매우 따뜻하고 부드러운 멜로디를 배경으로 'Sometimes thing's getting complicated'라는 문장이 20분간 반복되었다고 했다.

그건 아침이었어.
완전히 죽였는데, 뭐랄까, 완전히 좆 됐다는 느낌?

사람들의 표정은 심각했다.

나는 그의 영어를 제대로 알아들을 수가 없었다.
그는 노팅엄 출신이라고 했다.

노팅엄이 어디야?
로빈 후드가 태어난 곳.

그리고 누군가 우디 앨런의 '비키, 크리스티나, 바르셀로나'에 대해서 이야기하기 시작했다. 어, 나 그 영화 봤는데. 두 번 봤는데. 내가 말했다. 그래? 어, 근데 거기 나온 스페인, 정말로 스페인 사람들이 그래? 내가 물었다. 잠깐 동안 포르투갈인들이 진지하게 생각했다. 응, 맞아, 스페인 사람들 정말 그래. 그들은 진지하게 고개를 끄덕였다.

근데 말이야, 너 김기덕 알아? 라울이 물었다.

나는 고개를 끄덕였다.

그의 얼굴에 반가운 표정이 떠올랐다. 박찬욱, 올드보이! 왕가위는?

그런데 주제 사라마구, 포르투갈 사람 아니야? 나는 대답 대신 화제를 바꾸었다.

어, 근데 난 별로…. 라울의 표정이 어두워졌다.

왜?

지루해.

*

다음 날 길 건너편, 작은 성당의 종소리에 잠에서 깨어났을 때, 집에는 아무도 없었다. 나는 방에서 나와 햇살 아래 드러난 집을 둘러보기 시작했다. 다운타운에서 걸어서 15분 거리의 아파트, 3층, 방 2개와 거실, 넓은 발코니, 깨끗한 주방과 화장실. 둘이서 쓰기에 나쁘지 않은 집이었다. 바닥에는 좋은 나무가 깔려 있었고, 조용하고 깨끗했다. 사방에 널린 술병을 제외하면.

나는 발코니에 나가 건너편 아파트에 걸린 알록달록한 빨래와 하늘을 빙빙 도는 바닷새들을 멍하니 바라보며 대체 난 어쩌다 이곳에 오게 되었는가 생각하기 시작했다.

*

한 달 전 나는 홍대 근처에 살고 있었다. 대학을 졸업하고 독립을 하겠답시고 홍대 앞에 방을 구했다. 하지만 곧 내가 잘못된 지역을 선택했다는 것을 깨달았다. 홍대 앞은 사람이 살 만한 동네가 아니었다. 아니 적어도 나한테는 그랬다. 마치 놀이동산 한복판에서 사는 기분이었다. 공기가 나빠 비염에 걸렸고, 집이 너무 건조해 두드러기가 났다. 하지만 무엇보다도 나는 일종의 졸업 후유증에 시달리고 있었다. 앞으로 무엇을 할 것인가? 뭘 해서 먹고살 것인가? 위기감에 시달린 나는 한 출판사와 청소년을 위한 짧은 소설을 계약했다. 동시에 두 번째 장편소설을 마무리하고 있었다. 동시에 프랑스어 수업을 듣고 마르크스의 《자본론》 강독 세미나를 다녔다. 동시에 지젝과 바디우와 고진을 읽고, 시사잡지에 칼럼을 연재하는 한편 엄청나게 긴 단편소설을 썼다. 한마디로 너무 많은 것을 했다. 아니, 그러려고 했다. 왜냐하면 대체 뭘 해야 할지 알 수 없었기 때문이다.

한편 대도시 한복판의 일상이 나를 괴롭혔다. 즐거움이 아니라, 살기 위해서 끝없이 돈을 써야 하는 삶. 매일 저녁 장을 보러 슈퍼마켓에 가는 것이 지겨웠다. 게다가 번화가 한복판은 물가가 너무 비싸서 대형 마트에 가는 것이나 백화점 식품관에서 배달해다 먹는 것이나 비슷한 비용이 든다는 충격적인 결론에 이르기도 했다. 저녁이 오면 동네를 어슬렁거리고 다녔는데 카페와 술집과 카페와 옷가게와 옷가게와 옷가게와…. 겉보기에 그럴듯해 보이는 그 동네에서 막상 할 수 있는 일이 별로 없었다. 텔레비전에서는 전 대통령의 자살에 대한 뉴스가 흘러나왔다. 이상한 봄이었다. 나는 두통에 시달리며, 평범한 남자가 아무 이유 없이 아무나 죽이고 다니는 이야기를 썼다. 《자본론》은 너무 난해했고, 프랑스어 문법은 너무 복잡했다. 모호한 의무감에 시달리며 엔론 사태에 대한 다큐멘터리를 보거나, 〈맥킨지 보고서〉를 읽기도 했다. 하지만 뭘 하든 이 정체불명의 모호함을, 이 모호한 짜증과 불안을 걷어낼 수가 없었다. 그리고 그럴 때면 늘 그렇듯이, 나는 도망칠 궁리를 하기 시작했다.

*

그러니까 그건 통영 때문이라고 할 수 있었다. 언젠가부터 나는 통영에 가고 싶었다. 아주 예쁜 도시라는 이야기를 들었기 때문이다. 그러다 어느 늦은 밤 인터넷에서 포르투갈의 포르투라는 도시가 통영과 아주 닮았다고 주장하는 글을 발견했다. 그건 그럴듯했다. 사진을 통해 본 포르투는 아주 예뻤고, 어딘가 통영 같았다. 그리고 물가도 쌌다. 서울에서 지내면서 드는 돈이나 여행에 가서 쓰는 돈이나 비슷하다는 식의 논리로 스스로를 설득했다. 나는 무작정 리스본행 비행기표를 샀다. 얼마 전 계약한 짧은 소설을 쓰기 위해서라는 핑계로.

언제나처럼 집을 구할 일이 문제였다. 유럽의 하우스쉐어 웹사이트를 헤매다니다 한 웹사이트에서 특이한 글을 발견했다. 집을 빌려준다는 글이었는데, 글에 첨부된 링크를 클릭하자 짧은 유튜브 비디오가 재생되었다. 클립의 제목은 '오렌지를 집어라'였다. 플레이 버튼을 누르자 카메라가 아무렇게나 집 안을 훑고 다니며 고양이라든지 벽에 붙은 포스터 따위를 집요하게 비추다가 갑자기 냉장고 앞에 멈춰 섰다. 냉장고를 열자 오렌지가 하나 들어 있었고, 한 손이 그 오렌지를 집었다. 그리고 끝. 난 당황하여 멈춰선 화면을 들여다봤다. 잠시 고민하다 한 번 더 플레이해보았다. 마찬가지였다. 나는 중얼거렸다. 이거 좋은데. 아무 뜻도 없고 어딘가 얼간이 같다는 점이 말이다. 적어도 그런 실없는 내용의 비디오를 유튜브에 찍어 올리는 사람이 연쇄살인범일 리는 없어 보였다. 나는 메일을 보냈고, 곧 답이 왔다. 집을 빌려줄 수 있다고 했다.

모든 일이 너무 간단하게 흘러갔다. 나는 짐을 싸기 시작했다. 가져갈 것은 많지 않았다. 떠나기 1주일 전, 확인차 집을 빌려주기로 한 사람에게 메일을 보냈다. 곧 답장이 왔다. 그 기간에 영화제 일 때문에 리스본에 가 있어 집을 빌려줄 수 없다는 것이었다. 대신 친구의 집을 소개해줄게요. 그 집이 더 지내기가 좋을 거예요. 주소를 알려줄 테니, 그쪽으로 메일을 보내봐요. 나는 메일을 보냈다. 곧 답이 왔다. 길고 친절한 내용의 메일에 사진 몇 장이 첨부되어 있었다. 과연 원래 빌리기로 한 집보다 나아 보였다. 그렇게 나는 또 한 번 아는 사람 하나 없는 도시에, 한 번도 만나본 적 없는 사람의 집에서, 우연에 우연을 거듭하여 지내게 되었다. 모든 것을 완벽하게 운에 맞기며.

*

늦은 오후 낮잠에서 깨어나니, 마라가 돌아와 있었다.

잘 잤어?

응, 파티는 어땠어?

너무 시끄러워져서, 네가 깰까 봐, 다른 친구네 집으로 옮겼어. 그리고 더 시끄러워져서, 경찰이 왔었지.

아.

7.

마라

이곳에서 차는 아무렇게나 달리고 아무렇게나 막 선다. 언젠가 차에 치이지 않을까.

얼마 전 시내에서 아시아인을 봤다. 낯설음과 반가움이 뒤섞인 표정으로 그녀를 오랫동안 바라보았다. 그녀는 피곤해 보였고 등이 굽어 있었다. 그녀 또한 나를 오랫동안 쳐다보았다. 이 동네에는 아시아인이 흔치 않다.

이곳 사람들은 미국인들처럼 자신의 주위에 반경 1미터의 투명박스를 설정하여 걷지 않는다. 실례합니다, 죄송해요, 감사합니다 따위 그 투명박스를 침범하거나 침범당할 때 끊임없이 울려 퍼지는 경고음도 없다. 하지만 사람이 너무 적어 부딪힐 일이 없다. 물론 주말이 오면 시내 중심가는 사람들로 발 디딜 틈 없이 꽉 차고, 그것은 이 도시를 상징하는 일종의 관광상품이 되었다고 한다. 유럽 내 대학교류 프로그램인 에라스무스 프로그램을 통해 이 작은 도시에도 젊은이들이 유입되기 시작하면서 생겨난 일이다. 돌아오는 금요일 밤, 그것을 구경하기 위해 마라와 그녀의 친구들과 함께 시내에 나가기로 했다.

어제는 기차역에 가서 교통카드를 만들었다. 돌아오는 길 오래된 서점에 들렀다. 무라카미 하루키의 책들이 있었다. 길에는 새들이 아주 많았다. 아침에는 닭이 우는 소리에 깼다.

포르투에서 가장 아름다운 장소인 상 벤투Sao Bento 기차역에서는 아주 가끔, 밤에 파티가 열린다고 한다.

*

버스를 타고 바다에 갔다. 중심가에서 500번 버스를 타면 강에서 바다까지 해안선을 타고 달린다. 그렇게 20분가량 달리면 시의 경계에 걸친 해변이 나타난다. 마라와 나는 거기서 내렸다. 구석에는 카레이싱 경기장을 짓고 있었고, 그것에 대해서 마라가 불평을 해댔다. 해변가에는 빵처럼 잘 구워진 몸의 할아버지들이 장기를 두고 있었다. 그들은 매일매일 이곳에 와서 장기를 둔다고 한다. 심지어 비가 오는 날에도 저 잘 그을린 등짝을 드러내고 앉아 장기를 둔다고.

멀리 작은 곶이 보였다. 나폴레옹이 쳐들어왔을 때 프랑스랑 싸우던 장소라고 한다. Damn French! 마라가 외쳤다.

길 하나를 경계로 삼류 휴양지풍의 고급맨션과 쇼핑몰, 또 으리으리한 저택들이 어깨를 맞대고 있었다. 넓게 펼쳐진 잔디에는 커다란 야자수가 박혀 있고 그 너머로 펼쳐진 것은 대서양. 헤엄을 치면 아메리카 대륙에 닿을 수 있다. 이론상 그러하다.

해변가 카페에 한참을 앉아 있었다. 마라의 친구가 일을 하는 곳이다. 나는 차가운 레모네이드 잔에 꽂힌 빨대를 만지작거리며 포르투갈의 운전태도는 전반적으로 미친 것 같다고, 조심스레 털어놓았다. 그러자 마라가 싱글거리며 말했다. 마라의 전 남자친구였던 스위스인은 포르투갈의 그 미친 운전태도 때문에 이곳 포르투갈을 그리워한다고.

해 질 무렵, 고급 맨션과 소규모 갤러리가 늘어선 좁은 거리는 인적이 드물었다. 빛바랜 황금빛의 나른한 거리. 이상한 꿈속으로 빠져드는 듯한 느낌이었다. 다시 버스를 타고 집으로 돌아왔다.

*

사실 내가 여기 온 것은, 굳이 이 작은 바닷가 도시를 택한 것은, 바닷가 도시를 배경으로 한 이야기를 쓰기로 했기 때문이었다. 물론 거기엔 야자수와 붉은 지붕, 여기저기 걸린 알록달록한 빨래는 없을 것이다. 대신 거기에는 갈매기가 날고 낮은 언덕이 있으며 멀리 쓸쓸한 바다가 바라다보일 것이다.

*

낮에 집을 나서면 근처 건물 아래에 죽치고 앉은 남자애들을 볼 수 있다. 그들은 아무것도 하지 않고, 거의 움직이지도 않는 채로 그렇게 앉아 있다가 내가 지나가는 것을 발견하면 노래를 부르기 시작한다. 문제는 노래를 엄청 못 부른다는 거. 하지만 참 열심히도 불러댄다. 내가 더 이상 그 노랫소리가 들리지 않는 곳에 닿을 때까지 노래는 계속된다.

*

아침에는 우유에 뮤즐리를 말아 먹는다. 그러고 나서 글을 조금 쓰고, 점심으로 감자를 삶아 치즈를 얹어 먹는다. 버터와 꿀을 바른 빵과 야채샐러드와 함께. 가끔은 시내의 슈퍼마켓에서 구한 일본간장에 야채를 졸여 밥에 얹어 먹는다. 돼지고기나 닭고기를 넣기도 한다. 이곳에서 먹는 쌀은 길쭉하고 푸석푸석하다. 끈적끈적한 초밥용 일본쌀을 팔지만 비싸고, 한국식으로 밥을 하는 것이 귀찮아서 안 먹는다. 가끔은 시내의 서브웨이에서 샌드위치를 사 먹는다. 그리고 가끔은 마라를 통해 알게 된 사람들과 밥을 먹는다.

마라는 옥스퍼드 대학에서 박사과정을 밟고 있는데, 박사논문만을 남겨놓은 채 고향에 돌아와 지내고 있다. 사실 이 집은 그녀의 전 남자친구의 집이다. 둘은 가끔 스카이프로, 프랑스어와 포르투갈어와 영어를 섞어 채팅을 한다.

그녀는 내가 만난 가장 똑똑한 여자다. 그녀는 매력적이며, 친구가 많다. 그녀는 조울병 환자다.

도착하고 얼마 안 되어 그녀가 나에게 영어로 쓴 짧은 글을 보여줬다. 소녀적이지만, 생기 넘치는 이야기였다. 내가 그 글이 맘에 든다고 하자, 그녀는 영화로 만들어야겠다며 즉시 친구인 영화감독에게 전화를 걸었다. 지나치게 즉흥적이며 과도한 행동력, 나중에 알고 보니 그것은 전형적인 조울병 증세였다.

그녀는 여행을 좋아했다. 10대 후반에는 혼자서 중부유럽을 떠돌아다녔고, 대학을 졸업하고는 유럽의 이런저런 도시를 옮겨 다니며 연구원으로 지냈다. 베를린에서 연구원으로 지내던 중, 그녀의 상관이 그녀의 재능을 높이 사서 그녀를 옥스퍼드로 보냈다. 그녀는 옥스퍼드에 적응하지 못했고, 조울병이 발병했다.

그녀가 들려준 옥스퍼드 대학 공부벌레들의 실체는, 한국의 젊은 엘리트들과 다르지 않았다. 끝도 없는 경쟁, 스펙 쌓기, 불안과 공포 속에서 초딩 수준에 멈춰버린 감정과 표현력, 그것들이 복합적으로 얽혀서 나타나는 독특한 기행들. 우리는 자주 이 맛이 가버린 엘리트들에 의해 지배되는 세계에 대해서 이야기했다. 그건 내가 관심 있는 분야였고, 조금은 익숙한 분야이기도 했다. 초등학교에 입학해서 고등학교를 그만두기 직전까지 나는 이런저런 특별반에 속해 있었고, 선택되어 관리되는 아이들의 세계에 익숙했다. 선생님들은 일반 교실에 있을 때와 특별반에 있을 때, 표정부터 달랐다. 너희들은 선택된 아이들이니까…, 다른 평범한 아이들과 다르니까…. 제대로 된 한국어 문장을 쓸 줄 알게 되기도 전에, 차별을 배우고 그것에 익숙해져버린, 하여 그 세계에서 탈락되지 않기 위해 발버둥치는 아이들의 세계.

그래, 그런 아이들이 커서 세상을 지배하게 된다니까. 빌 클린턴이 옥스퍼드 다녔던 거 알고 있지?

그녀가 말했다.

하지만 돌아보면, 아마 그 애들도 나 때문에 상처받았을 거야. 나는 너무 순진했고, 그래서 그 애들의 가장 약한 부분을 건드렸고, 그래서 그 애들은 화가 났고…, 자기들한테 익숙한 방식으로 그걸 표현했고, 나는 그걸 이해하지 못했고….

처음에 조울병은 치료된 듯했다. 하지만 얼마 뒤 재발했다. 재발한 조울병의 의미는 평생 조울병 약을 먹어야 한다는 것이다. 그리고 그녀는 약이 싫다. 약은 그녀를 멍하고 졸리고 피곤하게 한다. 약을 먹을 때 그녀는 방에서 거의 나오지 않는다. 그리고 약을 먹지 않을 때 그녀는 구름 위를 떠다니는 듯한 표정에 눈은 밤하늘의 별처럼 반짝거리고, 대서양의 햇살보다 빛나는 미소를 지으며, 하지만 그것의 끝은 언제나 무너져 내려 엉엉 우는 것이었다.

하지만 나와 함께 지낸 한 달 반 남짓, 그녀는 엄청난 자제력을 발휘했고, 어떤 불편함도 주지 않았다. 그녀는 대개 혼자 울었다. 혹은 부모님의 집으로 도망치거나, 친구들에게 전화를 걸어 칭얼거렸다. 그러나 가끔씩 약에 취해 유령처럼 집 안을 배회하는 그녀를 보는 것, 늦은 밤 거실 텔레비전 앞에 죽은 듯 누워 미국산 텔레비전 쇼를 시청하는 그녀를 발견하는 것은 슬펐다. 하지만 나는 이기적이었으므로, 무엇보다 내가 쓰고 있는 글이 중요했기 때문에, 그리고 그녀는 언제나 나에게 친절했으므로, 그녀의 고통을 멀리서 목격하기만 했다. 그리고 그것은 개인주의라는 이름으로 말끔하게 포장되었다.

가끔 시내를 걷다 보면 곱게 차려입은 할머니들이 굽은 허리를 힘겹게 펴며 느릿느릿 언덕을 걸어 내려가는 것을 볼 수 있었다. 그들은 혼자임에도 꼿꼿했고, 존엄을 잃지 않기 위해 노력했다. 어느 상황에서건 우아한 태도를 잃지 않는 유럽의 노인들. 그것은 서구 개인주의의 승리였다. 하지만 거기에는 언제나 약간의, 아주 지독한 애처로움이 있었는데, 그건 나에게 미셸 우엘벡의 몇몇 소설들을 떠오르게 했다. 유럽, 늙은 땅, 긍지를 잃지 않는, 우아하게 늙어가는 고독한 노인들의 대륙, 그 안에서 나는 우엘벡이 느낀 구역질을 약간은 이해할 수 있었다. 그의 한 소설 속, 아버지를 안락사시킨 스위스의 클리닉에서 주인공이 왜 그렇게 유치하게 화를 내며 주먹을 휘둘렀는지를, 비슷한 유치한 분노를 유럽에 있을 때 가끔 느꼈다.

*

주말이 왔고, 우리는 시내로 나갔다. 밤 12시, 거리는 텅 비어 있었다. 하지만 곧 사람들로 꽉 차게 될 거야. 마라가 말했다. 기다리는 동안 우리는 한 오래된 빌딩에서 열린 전시회에 갔다. 포르투 현대 미술관에서 여름을 맞아 기획한 한밤의 전시회였다. 공짜인데다가 표를 받아서 근처의 아무 술집에나 가져가면 공짜로 맥주를 한 잔 준다!

새벽 1시, 마라의 친구 이자벨이 나타났다. 사실 그날은 그녀의 생일이었다. 그녀는 1980년대풍의 청재킷과 청치마에, 머리에는 큼지막한 꽃을 달고 있었다. 우리는 맥주를 마시며, 또 다른 친구들을 기다리며, 거리를 어슬렁거렸다. 그리고 새벽 2시, 정말로 거리가 사람들로 꽉 차기 시작했다. 한 무리의 사람들에 섞여 시내의 클럽으로 갔다. 프란츠 퍼디난드와 뉴 오더, 그리고 마이클 잭슨과 비틀스를 뒤죽박죽 섞은 선곡이 마치 인심 좋은 포르투 사람을 떠오르게 했다. 새벽 4시가 되자 클럽이 발 디딜 틈이 없이 메워졌다.

5시, 벡의 '루저'가 흘러나오기 시작했고, 이자벨의 친구 E가 도착했다. 우리들은 다 함께 루저의 후렴구를 중얼거리며 클럽을 빠져나왔다. E가 완전히 취한 사람들을 차곡차곡 차에 태워 집에 데려다 주었다.

*

다음 날 아침, 마라와 나는 부엌에서 만났다. 인사를 나누고, 마라는 냉동실에서 빵 한 덩이를, 나는 자루에 든 감자를 꺼냈다. 그녀는 빵을 전자레인지에 넣고 모카포트를 가스불 위에 올려놓았다. 나는 감자를 삶았다. 우리는 각자 방에 들어가 늦은 아침을 먹었다. 감자를 먹고 책을 좀 읽다가 깜빡 들었던 잠에서 깨어난 것은 마라의 다급한 목소리 때문이었다.

영화제에 가려면 당장 출발해야 해!

난 잠에 취한 채 그래, 그래, 하지만 어리둥절한 채로 옷을 챙겨 입고 그녀를 따라나섰다. 지하철을 타고 종점으로 가자 윌이 있었다. 그와 함께 셋이서 기차로 갈아탄 다음 북쪽으로 1시간 정도를 더 갔다. 기차에서 내리자, 밋밋하게 펼쳐진 평야에 거대한 석조 건축물이 덩그러니 놓여 있었다. 로마시대에 지어진 수도교였다. 영화제는 수도교 반대편에 펼쳐진 작은 마을에서 열린다고 했다.

여기 진짜 18세기 같지 않아? 길가에 서 있는 자동차들이 다 말이라고 생각해봐!

시내로 향하는 길, 인적 없는 옛 시장터를 지날 때 윌이 말했다.

그럼 엄청 냄새날 텐데. 말은 오줌도 많이 싸잖아. 내가 말했다.

그래, 맞아. 그럼 말이 아니라 말똥이라고 생각해봐.

으악.

곧 우리는 영화제가 열리는 극장건물에 도착했다. 새로 지은 지 얼마 안 된, 아르누보식으로 지어진 핑크색 극장건물을 한 명씩 돌아가며 비웃은 다음 개막작 표를 샀다. 그리고 저녁을 먹을 식당을 찾아 나섰다. 까다롭게 구는 윌 때문에 1시간 가까이 헤매다 가까스로 한 식당에 들어갔는데 공을 들인 소득인지 아주 괜찮았다. 후식까지 배가 터지게 먹고 난 뒤 영화를 보기 위해 극장으로 돌아갔다. 짐 자무쉬의 새 영화 '리미츠 오브 컨트롤'이 상영되었다. 영화가 끝난 뒤, 애프터 파티가 열린다는 근처의 빌라로 갔다.

야, 이 개새끼야! 내가 널 얼마나 사랑하는지 아니? 윌, 불쌍한 윌, 햇빛도 들지 않는 나라에서 온 가엾은 윌, 어떡하니, 넌 꽃이야, 그리고 여긴 태양의 나라지, 태양의 나라에 와서 드디어 네가 피어나기 시작하는 거지, 난 말이야, 윌, 널 박스에 넣어서 아프리카로 보내고 싶다….

우리는 꽃과 나무로 빽빽한 정원에 앉아 있었고, 윌의 친구 패트릭1이 끝도 없이 헛소리를 늘어놓고 있었다. 짙은 녹색의 압축 해시시 덩어리를 만지작거리며. 반대편에는 고다르의 영화에서 튀어나온 것 같은 아름다운 여자애가 멍한 눈길로 담배를 피우고 있었다. 나는 남은 모히토를 끝내며 생각했다. 이건 내가 마셔본 모히토 중에 제일 맛있다.

5시 반, 이웃들의 항의로 경찰이 들이닥쳤다.

6시, 윌의 또 다른 친구의 차를 타고 집으로 돌아왔다. 모두가 취했고, 카스테레오에서는 엄청나게 큰 소리로 섹스 피스톨즈가 흘러나오고 있었다. 다들 큰 소리로 그 노래를 따라 부르는 가운데 몇 번 위험천만한 순간이 있었으나 이미 포르투갈식 운전습관에 익숙해져버린 나는, 아 그래 될 대로 되라지.

*

수첩을 잃어버렸다.

*

저녁을 먹으러 윌네 집에 갔다. 8시부터 굽기 시작한 닭은 11시에나 오븐에서 기어 나왔다. 하지만 그만큼 맛이 있었다. 사실 여기 와서 먹은 것은 대체로 다 맛있다.

테라스 난간에 기대어 선 이사벨은 오늘도 여전히 약간 멍해 보였고 그러니까 머리에 꽃을 달고 어디론가 가야 할 것 같다. 하지만 알고 보면 공학을 전공했고 지금은 한 대학교에서 수학 강사로 일하고 있다.

오늘 처음 본 케이트는 윌의 친구인데 건축 일을 하고 있다고 했다. 그녀는 베를린에 가고 싶어 했다. 모두가 베를린을 좋아해. 싸고, 깨끗하고, 멋진 음악이 있고. 근데 일자리가 없다.

마라는 내내 트랜스파티에 가고 싶다고 칭얼댔다. 매주 어딘가 숲속에서 열린다는 죽이는 트랜스 파티에 대해서, 패트릭1이 잘 알고 있었다. 패트릭1이 그런 식의 파티들, 포르투 인근의 숲속에서 열리는 각종 파티들, 그리고 포르투갈 어딘가에 있다는 히피 공동체에 대해서, 대서양의 어느 섬에 있는 나무로 지은 집과 기타 등등에 대해서 떠들어 댔고, 그러나 마라를 제외하면 모두가 미지근한 반응이었다.

곧 화제는 곧 포르투갈과 스페인의 접경도시에서 열린다는 음악 축제로 넘어갔다. 모두가 그곳에 가고 싶어 한다. 문제는 돈이 많이 든다는 거.

*

어느 날은 길을 잃어 슬럼가로 기어들어갔다. 파트리크 쥐스킨트의 《향수》, 첫 장면을 떠오르게 하는 풍경이 거기 펼쳐져 있었다. 슬럼가를 빠져나오자 강이 나왔다. 강변에는 예전에 시청으로 쓰였다는 건물이 있었다. 거기에 서자 포르투 시내가 한눈에 내려다보였다.

깨끗하고 넓고 인적이 드물며, 어딘가 미국식으로 느껴지는 거리를 걸으면 부자들의 거리라고 생각한다. 사방에 빨래가 널려 있고 부서진 문짝에, 사람들이 현관 앞에 늘어선 거리를 걸으면 가난한 거리라고 생각한다. 내가 지내는 곳은 그 중간에 있다.

시청에서 나와 텅 빈, 오직 햇살로 가득한 거리를 헤매다녔다. 내 이야기 속 바닷가 도시, 먼지 쌓인 골목을 헤매고 다니는 가난한 아이들을 생각했다. 이따금 멈춰선 채 지도를 들여다보노라면 온갖 사람들이 길을 가르쳐주겠다고 다가왔다.

*

케이트가 디제잉을 하는 바에 놀러갔다. 인적이 끊긴 좁은 거리, 문이 닫힌 상점들을 거슬러 내려가면 불 켜진 작은 바가 있는 좁은 거리가 나온다. 문을 연 지 얼마 안 되었다는 바의 한구석에서 케이트가 음악을 틀고 있었다. 인사를 나누고 안쪽 정원으로 향했다. 금요일 밤이라 그런지 잘 차려입은 젊은이들로 가득했다. 마라와 윌은 줄담배를 피우며 마라의 독일인 전 남자친구에 대한 욕을 늘어놓았다. 그에 대해서 아는 게 없었으므로 나는 가만히 듣고 있었다. 곧 화제는 윌의 연애로 넘어갔다. 내 문제는 음악이 항상 첫 번째라는 거지. 그렇게 말하는 윌이 갑자기 엄청 너드로 보였다. 여자를 만나려면 옷을 좀 제대로 갖춰 입고 다녀야 하지 않겠냐. 마라가 후줄근한 차림새의 윌을 훑어보며 장난스럽게 말했다. 이어 도착한 라울이 윌과 디페쉬 모드에 대해서 이야기하기 시작했다. 돌아오는 주말에 까사 드 뮤지카에서 디페쉬 모드의 공연이 있다고. 한참을 신나게 떠들던 라울이 갑자기 나를 붙잡고 이마무라 쇼헤이와 박찬욱과 김기덕과 왕가위에 대해서 이야기하기 시작했다. 그의 녹색 티셔츠에는 한자 4개가 커다랗게 쓰여 있었다. 그것은 화양연화였다. 그는 나에게 그 한자들의 뜻을 설명해 주기를 바랐고, 그러나 나는 한자에 대해서 아는 게 없었고….

늦은 새벽 바에서 나와 다운타운의 클럽으로 향했다. 해가 떠오를 무렵 집으로 돌아왔을 때, 알코올과 카페인에 절은 뇌는 쉽게 멈추지 않았다. 집 앞 성당의 종은 규칙적으로 꽝꽝 울려댔고, 잠들지 못하고 뒤척이던 나는 뭔가를 생각하다 인간은 미쳤다는 결론에 이르고 기뻐하며 겨우 잠에 빠져들었다.

*

다음 날은 윌의 생일이었다. 나는 선물로 구스 반 산트의 '파라노이드 파크' DVD와 새우깡을 사갔다. 다행히 그는 구스 반 산트의 팬이었고 새우깡은 와인 안주로 인기를 끌었다.

저녁을 먹으며 우리는 군대에 대해 이야기했다. 10년 전에는 포르투갈에도 의무 군복무제가 있었다고 한다. 6개월 남짓이긴 하지만. 유일하게 군대에 갔다 온 D가 온갖 말도 안 되는 일을 시켰던 상사라든가, 아무 의미 없이 고되기만 했던 노동에 대해 이야기했고, 내가 군대 얘기란 시대와 장소를 초월하는 보편성이 있다고 생각하는 순간, D가 한쪽에선 구두를 닦고 한쪽에서는 마리화나를 피우던 군대 시절의 한 장면을 묘사하기 시작했다. 그러더니 그는 의무 군복무제도가 없어져서 좀도둑이라든가 한심한 젊은 애들이 늘어나기 시작했다고 주장해서 사람들을 당황시켰다.

윌의 거실 벽에는 전설의 베를린 클럽 트레조Tresor의 포스터가 붙어 있었다. 마라가 그걸 가리키며 꿈꾸듯이 말했다. 그때, 그 클럽이 그 오래된 건물의 지하에 있었을 때, 사방이 쇠창살과 문으로 가득한, 음악이 울려퍼질 때마다 온 클럽이 흔들리고, 온 클럽이 흔들릴 때마다 벽에서 석고가루가 떨어지고, 석고가루가 떨어질 때마다 온 클럽이 먼지에 휩싸였고, 아, 그 먼지, 사람들의 열기, 지독한 마리화나 냄새가 한데 어우러져서 완전히 엉망진창으로 좋았던 그 시절에 대해서. 지금으로부터 10년 전, 아주 좋았던 시절의 베를린에 대해서.

*

수첩을 찾았다. 슈퍼마켓의 장바구니 안에서 내 수첩을 발견한 슈퍼마켓 매니저가 거기 적혀 있는 마라의 번호로 전화를 걸어왔다.

*

그 시기 마라는 조울증 약을 먹지 않고 있었고, 하여 종일 오락가락하는 기분 때문에 자주 혼란에 빠졌다. 마치 롤러코스터를 타고 있는 것 같군. 가끔은 그런 그녀를 보는 것만으로도 그 롤러코스터에 함께 타고 있는 듯한 느낌이 들었다.

사실 그녀를 보면 알 수 있었다. 10년 전의 그녀가 얼마나 눈이 부셨을지. 들어서기만 해도 온 방 안이 환해지는 그런 재능을 그녀는 갖고 있었다. 그 미소, 그 반짝거리는 눈, 그리고 우아한 자세와 행동, 똑똑함. 그런 것들이 병에 의해 파괴되어가는 모습을 목격하는 것은 정말이지 슬펐다.

*

패트릭2가 포르투에 왔다.

8.

여행이라는 운명

패트릭2는 마라의 가장 오래되고 친한 친구로, 여자친구와 함께 십수 년째 돈이 전혀 안 되는 환경보호와 관련된 일을 하며 살고 있었다. 지중해에 가서 고래의 생태를 관찰한다든지, 아프리카에서 오랑우탄의 똥을 수집한다든지.

여자친구네 집이 부자야. 마라가 말했다. 포르투갈에 별장이 하나 있는데, 한 층에 욕실 딸린 방이 7개나 있다구. 우리는 패트릭2의 집으로 가는 길이었다. 그는 마라의 집에서 30분쯤 떨어진 한 아파트 건물의 지하주차장에서 지내고 있었다.

아파트 구석에 달린 인터폰을 누르자, 주차장으로 향하는 철문이 올라갔다. 경사진 길을 천천히 걸어 내려가자 웬만한 실내 체육관 정도의 공간이 모습을 드러냈다. 그곳은 화가인 패트릭2의 아버지가 포르투에서 지낼 때 쓰는 작업실이라고 했다. 뭐라고 해야 할까. 나는 태어나서 그런 공간을 처음 보았다. 버려진 가구공장 같기도 하고 박물관의 지하창고 같기도 했다. 샹들리에들과 초현실주의 회화들과 피아노들과 탁자들과 중세기사의 갑옷들 따위가 그 넓은 공간을 가득 메우고 있었다. 천장에는 꽃들이, 플라스틱 꽃들이 빼곡하게 붙어 있었고, 멀리 뚜껑에 인형이 달린 빨간색 피아노가 보였다. 그 옆에는 초록색 탁자가, 그 위에 놓인 유리화병에는 새빨간 장미가 한 송이 꽂혀 있었고, 그 반대편에는 치마를 걷어 올리며 야한 미소를 짓는 부처의 상이, 그 위로는 2미터는 되어 보이는 석고로 뜬 거대한 다리들이, 동양화들이, 페인트통들이, 화집들이, 서류들이, 클래식 음반들이, 자 그리고 여기에 20인치짜리 필립스 모니터와 오래된 가죽 소파가 놓여 있다.

우리들은 가죽 소파에 빙 둘러앉은 채 필립스 모니터를 향해 몸을 기울였다. 모니터 속에서 트란 안 훙의 '여름의 수직선에서'가 시작되고 있었다. 패트릭2가 장식장 아래 놓인 포트와인을 집어들었다.

패트릭2의 여자친구는 오스트리아 출신이었다. 그녀는 다갈색의 긴 생머리에 사라질듯 작은 얼굴, 그리고 우아하게 마른 몸을 갖고 있었으며 독특하게 나른한 분위기를 풍겼다. 마치 유럽산 자연주의 화장품의 창시자처럼 보였다. 그 옆에 앉은 라울도 오늘따라 몹시 나른해 보였다. 이사벨은 언제나처럼 몽롱한 표정이었고, 그녀의 옆에는 모딜리아니의 그림에 나오는 것처럼 마르고 창백한 E가 앉아 있었다. 지나치게 나른한 풍경이었다. 마침 스피커에서는 레게가 흘러나오고 있었다. 누군가 우리의 머리 위로 진정제를 뿌려대고 있는 듯한 느낌이었다.

자본주의는 죽었어. 라울이 말했다.

언제? 왜? 패트릭2가 물었다.

지난번에 미국정부가 금융구제안을 통과시켰을 때 말이야.

자본주의가 아니라 자유주의겠지. 패트릭2가 비웃었다.

그런데 말이야, 여자들이 앞으로 공짜로는 섹스를 안 해주겠다는 파업을 일으키면 어떨까.

마라가 끼어들었다.

말도 안 돼. 라울이 고개를 저었다. 그럼 남자들은 모두 게이가 되고 말 거야.

*

케이트의 생일이었다. 영국인 아버지와 포르투갈인 어머니 사이에서 태어난 그녀는 죽 영국에서 지내다가 사춘기 때 포르투갈로 넘어와서 영어와 포르투갈어가 모두 능숙했다. 그녀는 대학에서 건축을 전공했지만, 포르투갈 건축계의 열악한 현실에 절망하여 건축가 일을 그만두고 막 실내장식 일을 시작한 참이었다. 짧게 자른 황금빛 곱슬머리, 한쪽 다리에 가득한 타투, 언제나 신나 있는 말투 때문인지 그녀는 커다란, 성격 좋은 개처럼 보였다. 아니 신이 난 망아지 같았다. 그녀는 얼마 전 친구의 추천으로 유기농 화장품을 160유로어치나 사서 그걸 상자에 담아가지고 다녔다.

오늘부터 바를 거야! 블로그를 만들어서 리뷰를 올려야지!

그녀가 포르투갈식으로 거칠게 핸들을 꺾으며 신 나는 목소리로 외쳤다.

시내의 작은 식당에서 시작된 그녀의 생일파티는 근처의 한 바로 이어졌다. 그녀와 그녀의 남자친구가 번갈아가며 음악을 틀었다. 바 한쪽에서는 흰색 정장을 차려입은 남자가 차를 마시며 윌과 이야기를 나누고 있었다. 윌의 피부문제로 시작된 대화는 갑자기 윌의 개인사를 털어놓는 고백의 장이 되어 있었다. 나는 그 옆에 앉아 윌의 친구인 M과 세르반테스와 로베르트 무질에 대해서 이야기했다. 그리고 시간이 흘러, 더 이상 대화를 나눌 수 없을 정도로 모두가 취했을 때, 춤을 추기 시작했다. 새벽 5시가 훌쩍 넘어 케이트와 그녀의 남자친구만 남겨두고 바에서 빠져나왔을 때는 다들 너무나도 취해서 주차장까지 어떻게 걸어갔는지 기억조차 나지 않는다. 나는 담배를 사려고 하는 M을 꼬드겨 '핑크 엘리펀트'라는 정체불명의 분홍색 담배를 사게 했다. 겨우 주차장에 도착했을 때도 우리는 차를 찾지 못해 한참을 헤맸다. 윌은 차라리 택시를 잡자고 주장했다. 겨우 차를 찾아낸 뒤에도 차문을 여는 데 또 한참이 걸렸다. 나는 취한 채, '아, 자동차 문을 여는 것은 참 어려운 일이지'라고 생각했다. 그리고 집으로 돌아오는 길 우리는 다 함께 도루에 가기로 약속했다.

*

도루란 무엇인가, 나는 그것이 막연히 포르투 근처의(차로 20분쯤 걸리는) 무슨 와인공장 같은 거라고 생각했다. 하지만 알고 보니 그것은 포르투에서 차로 2시간을 달려서 기차를 타고 또 다시 배를 타고 들어가야 하는, 포트와인으로 유명한 와인 산지였다.

차를 기차역 근처에 세워두고, 아슬아슬하게 기차에 올라탄 우리는 배 시간을 놓친 것을 알게 되었다. 너무 늦장을 부렸던 것이다. 어수선한 분위기 속 누군가의 바보 같은 제안으로 우리는 한 작은 역에서 기차가 서기도 전에 우르르 뛰어내렸다. 그러고 나서 알게 된 것은 거기가 폐쇄된 역이라는 것.

나무와 펼쳐진 벌판 그리고 풀벌레 소리를 제외하면 아무것도 없는 그 시골 역 주위를 우리는 2시간쯤 헤매고 다녔다. 걷다 지친 우리는 동네 우물가에 앉아 이런 동네에서 얼마나 버틸 수 있을 것인가를 주제로 이야기를 나누기 시작했다.

세 달쯤? 내가 대답했다.
윌이 대단하다는 표정으로 나를 보았다.
인터넷만 있으면 돼. 내가 다시 대답했다.
그의 표정이 실망으로 바뀌었다. 그건 너무 쉽잖아!

그날의 마지막 기차를 잡아타고 시내로 나온 우리는 윌의 친구에게 추천을 받은 내비게이션에도 찍히지 않는 오래된 식당에서 저녁을 먹었다. 도루 강이 한눈에 내려다보이는 멋진 곳이었다. 화장실에 가는 길, 마주친 한 아이가 나를 신기한 동물인양 뚫어져라 쳐다보았다.

그래, 나 아시아인이다. So fucking what.

식사가 끝난 것은 밤 12시가 다 되어서였다. 그것은 이곳에 온 뒤 익숙해진, 아주 늦은 시간의 저녁식사.

*

곧 나는 내 세 번째 소설의 초고를 끝냈다. 그러고 나서 내가 당장 어디에 있든 상관없는 삶을 갖게 되었다는, 그렇게 살고 있다는 것을 깨달았다. 거기가 어디든. 머물 이유도, 떠날 이유도 없다. 가야 할 이유도 가지 말아야 할 이유도 없다. 노트북을 올려놓을 책상이 있다면, 그게 어디든 상관없다. 이것은 행운인가? 모르겠다. 떠나지도 머물지도 않는 삶이라는 것은 대체 무슨 의미인가.

포르투갈은 블랙홀이야, 떠나기가 쉽지 않아. 정착하기가 너무 쉽거든. 어느 날 어느 파티에서 누군가 그렇게 말했다. 비슷한 얘기를 다른 도시에서도 들었다. 베를린에서도, 프라하에서도, 그리고 뉴욕에서도. 그리고 그건 모두 맞는 말이었다. 그런 식으로 살아가고 있는 사람들을 끝도 없이 마주쳤다. 그들은 말한다. 모든 것은 자신에게 달렸다고. 그런데 나는 모르겠다. 대체 내가 어딜 가고 싶은지, 어디에 있고 싶은지. 어쩌면 나는 모든 곳에 있고 싶다. 아니 어디에도 있고 싶지 않다. 그런데 내가 깨닫게 된 것은, 숱한 여행들 속에서, 결국 나는 어디에도 없다는 것이다. 그런데 그것은 대체 무슨 뜻인가? 내가 지금 무슨 말을 늘어놓고 있는 건가?

*

그러니까 이런 장면. 두 사람이 마주본 채 탁자에 앉아 있다. 창밖으로 콘크리트 광장이 보인다. 광장은 텅 비어 있다. 탁자의 두 사람은 내가 이해할 수 없는 언어로 이야기한다. 하나는 흰 옷을 입고 있다. 탁자에는 타로카드가 널려 있다. 천장에는 이케아의 등이 걸려 있다. 텔레비전은 MTV 채널에 고정되어 있다. 매시브 어택의 오래된 뮤직비디오가 흘러나온다. 또 다른 사람이 이케아 소파에 늘어져 있다. 나는 그걸 본다. 보고 있다. 생각한다. 모든 개별적 행위를 추상화할 수 있는 언어적 묘사법에 대해. 그러니까 일종의 추상화. 누보로망 양식을 생생한 스토리로 만들어버릴 수 있는 정도의 추상성. 단조로운 독일산 미니멀테크노를 멜로딕하게 들릴 수 있게 할 정도의 무지막지한 지루함에 대해

생각한다.

뉴욕의 한 미술관에서 봤던 칸딘스키의 초기작. 그건 흩어지고 있는 나무였다. 그다음 방에서 본 것은 뒤샹의 그림. 계단을 걸어 올라가는

흩어지는 창녀. 모든 것이 흩어지고 있다. 아니 흩어지고 있는 것인가? 흩어지게 하려는 것인가? 대체 왜? 이미 모든 것이 흩어져 있는데? 모르겠다. 쓸데없는 생각. 나는 생각의 주제를 바꾸었다. 내 책에 대해서 생각하기 시작한다. 10개의 짧은 글을 싣는 것에 대해서. 그것을 2장으로 나누는 방안에 관해서. 혹은 2권의 책을 쓰는 것에 대해서. 혹은 15개의 조각으로 된…, 갑자기 탁자에 앉은, 흰 옷의 남자가 영어로 말한다.

I only wear white clothes because I am so pure.

그렇게 말하는 그의 표정은 너무나도 단호하고, 그래서 나는 대체 무슨 반응을 보여야 할지 모르겠다.

곧 우리는 밖으로 나가, 흰 옷을 입은 남자의 차를 타고, 시내 어딘가에 있는 오래된 카페로 향했다. 우리는 거기에 파두를 들으러 갔다. 가수들은 자기 차례가 오면 의자에서 일어나 앞으로 나가 숄을 두르고 입을 열었다. 그들은 마이크 없이 기타반주에 맞춰 노래를 불렀다. 늦은 밤 검은 머리 여자의 기묘한 목소리가 공간을 가득 채운 공기를 주먹으로 후려치듯 퍼져나갔다. 퍼져나간 목소리는 곧 단단한 돌벽 속으로 스며들었다.

*

그렇다면 넌 어디서든 속하지 못한다는 느낌을 받는다는 거야? 패트릭2가 물었다.

우리는 시내의 한 중국 식당에서 탕수육을 먹고 있었다. 맛이 형편없었다.

어, 하지만 누구나 그런 식으로 생각하잖아. 나는 대답했다.

그가 잘 모르겠다는 표정을 지었다.

그러니까, 인생에 대해서. 완벽한 내 집은 없다고 느끼지. 고향 따위는 없다고. 그런데 이런 식으로 몇 년쯤 더 흐르면 정말로 이상해질 것 같다는 생각이 들어. 정신적인 차원에서, 비자가 만료된 불법체류자가 되어버린 느낌을 받게 되지 않을까? 아침을 먹다가 문득, 런던에서 살아보는 건 어떨까 생각했어. 왜? 그럴 수 있으니까. 어디에 있든, 어딜 가든 아무 상관없다는 건 정말로 이상한 느낌이지 않아? 물론 많은 사람들이, 정말로 많은 사람들이 그런 식으로 살아가고 있지. 너처럼 말이야. 새로운 시대의 유목민들. 그건 단순히 진부한 광고문구가 아니었어. 어쨌든 똑똑한 프랑스인이 생각해낸 개념이잖아. 그리고 그건 가능해. 가능할 뿐 아니라 엄청나게 쉬워. 하지만 그건 사람들이 기대했던 것과 달리, 축복이 아닌 것 같아. 오히려 저주에 가까워. 어, 다시 말해, 그건, 운명이 되어가고 있어. 좆같은 운명. 어때, 내 가설이?

*

떠나기 하루 전날, 세랄베스 현대 미술관에 갔다. 넓게 펼쳐진 공원 안에 지어진 미술관 건물은 포르투 출신의 건축가 알바로 시자가 지었다. 극단적으로 단순하면서도, 그 단순성이 인간을 억압하지 않는, 세련되면서도 친근한 느낌의 시자의 작업들은 선명한 햇살과 야자수, 대서양의 도시이지만 화려하기보다는 정겹고 약간은 수줍은 도시 포르투와 닮았다. 잊기 힘들 정도로 묵직한 존재감을 가지면서도, 주위에 늘어선 숲과 농장, 그리고 호수와 부드럽게 조화를 이루는 미술관 건물이 인상적이었다. 솔직히 미술관 건물 자체가 미술관의 컬렉션보다도 눈이 갔다.

해 질 무렵, 나는 미술관 앞 잔디밭에 늘어져 새하얀 콘크리트 벽 위로 그림같이 떨어지는 그림자들을 바라보았다. 시시각각 변화하는 햇살에 따라 새로운 그림을 만들어내는 그림자에 매순간 거듭 매혹되며,

이 순간이 영원하기를 기원했다. 하지만 돌아갈 시간은 어김없이 돌아왔고,

*

마지막 밤. 사람들을 모두 불러 모아 파티를 열었다. 애피타이저로 쇠고기 무국을 끓였는데 다행히 반응이 좋았다. 술안주로 준비한 양파링 또한 새우깡보다 반응이 좋았다. 메인요리는 마라가 만든 닭요리와 케이트가 만든 두부야채칠리볶음이었다. 페트릭1이 디저트로 펌프킨 파이를 가져왔다. 나는 아이팟을 스피커에 연결해 음악을 틀었다. 사람들이 집안 여기저기에 늘어져 8월의 휴가계획을 짜기 시작했다.

새벽 2시쯤 사람들이 모두 떠나고 마라와 패트릭2, 그리고 라울이 남았다. 시시한 농담거리가 다 떨어진 뒤 나는 너희들에게 스물다섯 살에 가장 중요한 게 뭐였냐는 지루한 질문을 던졌다. 심각한 얼굴로 고민하던 셋은 하나같이 청춘처럼 풋풋한 대답을 내놓았다.

나는 우울하게 말했다. 부러워. 한국에서는 스무 살만 되면 다들 애늙은이가 돼. 스물다섯쯤 되면 더 이상 미래는 없는 것처럼 생각하고.

그건 여기도 마찬가지야. 마라가 말했다. 옛날 친구들을 거리에서

마주치면 놀라. 스물다섯쯤 되면, 머리가 제대로 박힌 포르투갈인들이라면, 이미 직장, 성공, 결혼 따위로 이루어지는 목표에서 한 치도 벗어나지 않는다구. 그리고 네가 여기서 만난 사람들은 다 그런 정상범위에서 벗어난 포르투갈인들이지.

마라가 진지한 얼굴로 말을 이었다.

윌은 옥스퍼드를 다니다 때려치우고 포르투갈에 와서 IT회사에서 일하고 있지. 여기 있는 패트릭은 알다시피 10년 넘게 여자친구랑 떠돌고 있고. 그리고 나는, 다른 사람들이 쉽게 닿기 힘든 데까지 올라갔었고, 너무나도 쉽게, 그리고 완전히 바닥을 쳤어. 그래, 난 중간이 없어.

패트릭과 라울은 아무 말이 없이 빈 와인 잔을 만지작거렸다. 그렇다. 그들은 다들 어디선가 언젠가 한 번쯤 길을 잃은 사람들이었다. 그걸 나 또한 느꼈고, 그러니 그들 스스로 누구보다도 그것에 대해서 잘 알고 있을 것이다.

분위기가 지나치게 무거워진 것을 의식한 마라가 다시 허황된 이야기를 늘어놓기 시작했다. 어떻게 하면 인류가 고차원적 정신세계에 도달할 수 있을 것인가. 그리고 우리들은 차례로 바보 같은 가설을 늘어놓기 시작했다.

*

다음 날 아침, 마라와 함께 집을 나왔다. 버스터미널에 도착했을 때는 시간이 꽤 남아 있었다. 마라와 나는 시간을 때우기 위해 근처 카페로 갔다.

그러니까 내 우울증이 해결 불가능한 것은, 내가 어떤 방식도 믿지 못하기 때문이지.

마라가 시니컬하게 말했다.

그거야, 진짜 해결책 따위는 없으니까.

내가 말했다. 그러고는 곧 후회했다. 뭘 선택하든, 네가 택한 길이 옳은 길이야. 널 믿어. 잘할 수 있어. 그런 말들을 늘어놓았어야 했던 게 아닐까? 그게 조울병 환자에게 최악의 조언이라고 해도. 아무튼 나는 그렇게 말했어야 했다. 아니, 그렇게 말하고 싶었다. 하지만 결국 그러지 못한 채, 떠날 시간은 왔다.

버스 앞, 마라와 나는 길고도 호들갑스럽게 작별인사를 나누었고 그런 우리를 운전기사가 귀엽다는 듯이 바라보았다. 곧 버스가 출발했다. 멀어져가는 도시를 바라보며 어쩐지 마음이 쓸쓸해졌다. 대체 이곳에서 뭘 한 건가. 그동안 내가 보고 겪고 들은 것은 무엇인가. 어쩐지 모든 게 꿈같이 느껴졌다. 이곳에서 만나거나 스쳐지나간 사람들을 하나씩 떠올려보았다. 윌의 부모님은 포르투갈 남부에 산다. 그들은 포르투갈의 다른 지역으로 옮겨갈 생각을 한다. 하지만 다시 영국으로 돌아가지는 않을 거라고 윌이 말했다. 스물다섯 살 마라에게 가장 중요했던 것은 스위스인 전 남자친구였다. 그리고 그는 여전히 마라를 사랑한다고 한다. 마라는 얼마 전 그에게 편지를 보냈다. 포르투갈로 와. 다시 시작하자. 거기 있을 필요 없잖아. 너 포르투갈 좋아하잖아. 과거는, 그래, 잊자. 하지만 그녀의 말을 전부 믿을 수는 없다. 그녀는 오늘 모든 것이 다 가능한 것처럼 눈을 반짝거린 다음 내일은 모든 것에 좌절하고 울음을 터뜨린다. 여름이 지나면 패트릭2는 여자친구와 함께 떠날 것이다. 어디든, 적당한 곳으로. 지중해의 돌고래든, 칠레의 거북이든. 상관없다. 떠날 수 있다면. 그리고 그럴 수 있다. 하여 떠난다.

그런 식으로 사람들은

길을 잃는다.

*

리스본에 도착해 어머니에게 전화를 걸었다.

포르투갈에서 만난 친구들이 한국 가지 말고 여기서 살래.

그래? 그럼 거기서 살아. 어머니가 대답했다.

BERLIN 10'

베를린

9.

지젝

처음 베를린에 간 것은 2007년 봄이었고, 두 번째 방문은 2008년 초였다. 나는 베를린이 좋았다. 넓고, 한산하고, 오래된 도시답지 않게 꾸밈없이 거친 풍경이 마음에 들었다. 거기엔 전 세계에서 몰려 온 젊은 애들로 가득했고, 또 친한 친구 K가 유학생활을 하고 있었다. 비슷한 시기 또 다른 친구도 독일여행을 계획 중이었다. 그러니까 내가 베를린에 갈 이유는 충분했다. 세 번이든, 네 번이든.

6월의 첫날 인천 공항을 출발했다. 테겔 공항에 도착한 것은 저녁 무렵이었다. 마중 나온 K와 함께 버스를 타고 숙소로 향했다. 내가 지낼 곳은 노이쾰른에 있는 아파트로 K의 학교 친구인 마리가 남자친구 토마스와 함께 사는 집이었다. 나는 세를 들었던 사람이 나가면서 비게 된 작은 방을 쓰기로 했다. 도착하여 벨을 누르자 토마스가 문을 열어주었다. 그리고 선물이라며 와인 한 병을 내밀었다. 우리는 토마스의 방에 모여앉아 와인을 땄다. 토마스가 노트북을 켠 뒤 자신이 최근에 만들었다는 음악을 틀었다. 그는 친절했고, 영어가 유창했다. 이런 저런 얘기를 나누는 사이 와인은 금세 바닥이 났고, K가 내일 아침 일찍 수업이 있다며 자리에서 일어났다. 나 또한 피곤하여 일찍 잠자리에 들었다.

*

아침. 거리, 버려진 정원의 잡초처럼 아무렇게나 자라난 풀과 나무, 비처럼 흩날리는 꽃가루, 그 위로 쏟아져 내리는 서늘한 햇살. 멋 부리지 않은, 적당히 구질구질한 동베를린의 변두리 거리. 어, 베를린에 왔다. 내가 좋아하는 바로 그 도시에.

*

방 한 면이 창이다. 커튼을 뜯어낸 창 너머로 커다란 나무가 바람에 흩날리는 것이 보인다. 붉은 의자와 파란 탁자를 제외하면 모든 것이 하얗다. 바닥에 누워 천장을 본다. 높고, 부서질 듯 메마른.

이 방은 시각적으로 아름답다.

창밖으로 보이는 것은 테라스를 덮은, 4층짜리 아파트 전체를 품에 안은 커다란 나무들. 나무 너머로 보이는 것은 전철역. 테라스에서 뛰어내리면 닿을 수 있을 정도로 가까운 거리에 전철역이 있다. 그 전철역 또한 무성한 나무로 덮여 있다.

아침마다, 토마스는 테라스에 가득한 화분에 물을 준다. 화분 가득한 정체불명의 식물들은 예쁘지 않다. 그러나 살아 있다.

창 너머 밝아오는 짙은 남색의 하늘. 그 아래 잔뜩 몸을 웅크리고 앉은 도시.

해는 늦게 떠오른다. 나무가 바람에 흔들리고,

이따금 따스한 바람이 불어온다.

거리로 나서면 펼쳐진 풍경은 황량함과 허약함이 제거된 미국의 소도시 같다. 부서질 듯, 깨어질 듯, 로맨틱한 황폐함이 거기엔 없다. 감상주의도 유머도 없다. 이곳의 풍경은 명료하다. 삶의 소박함이 아닌 위대함에 대해서 이야기한다.

광활하고 평평한 공원 한가운데에 딱 한 줄, 산책로가 길게 뻗어 있다. 아무 장식도 없다. 그 길을 따라 걷는다. 센 바람에 몸이 흔들린다. 공원에서 나오면 보이는 건 성실한 표정의 아파트들, 그 아래 고독하게 선 가로등, 차 소리도 들리지 않는 침묵의 거리.

*

주말이 왔고, 베르크하인Berghain에 갔다. 유럽 전체에서 꽤 유명한 클럽이다. 크로이츠베르크Kreutzberg의 베르크berg와 프리드리히스하인Friedrichs-hain의 하인hain을 따와 합친 이름을 가진 그 클럽은 실제로 그 두 지역의 경계에 자리 잡고 있었다. 구글에 따르면 그 클럽은 입장정책이 엄격했고, 화장실을 포함해 실내 어디에도 거울이 없었으며, 어떤 종류의 사진 촬영도 금지했다. 구글에 '베르크하인 도어 폴리시'로 검색을 하면 입구에서 억울하게 퇴짜 당한 사연이 줄을 이었다. 잔뜩 긴장한 나는 한껏 차려입은 채 카메라가 달린 모든 물건을 집에 두고 여권을 챙겨 집을 나섰다.

오스트크로이츠역 근처에서 K를 만나, 바에서 맥주를 한잔하고 클럽으로 향했다. 지도도 스마트폰도 없었으므로 우리는 곧 길을 잃었다. 늦은 밤 스프리 강가의 텅 빈 벌판을 한참이나 헤매고 다녔다. 가까스로 벌판 한구석에 널브러진 채 맥주를 마시고 있는 아이들을 발견하여 길을 물었다. 한 애가 반대편을 가리키며 말했다. 저쪽이야.

우리는 다시 풀숲을 헤치고 나아갔다. 달과 반짝이는 별들을 등에 이고 동베를린 한복판으로 기어들어가고 있었다. 곧 클럽 건물이 나타났다. 동독 시절 전력회사로 쓰였다는 거대한 클럽 건물은 멀리서 보기에도 위압적으로 느껴졌다. 하지만 시간이 일러서 그런지 걱정과 달리 입장정책은 허술했다. 여권도 확인하지 않고, 소지품 검사도 대충대충이었다. 그리고, 마침내 들어선 실내는 온통 검은빛이었다.

그날의 메인 라이브셋인 DMX가 아직 시작 전이었으므로 우리는 맥주를 마시며 클럽을 어슬렁거리기 시작했다. 정말로 건물 안 어디에도 거울이 없었다. 사람들이 몰려들기 시작한 것은 새벽 3시 무렵이었다. 4시가 되자 플로어는 가득 찼고 그런 뒤에도 계속해서 사람들이 밀려들었다. 클라이맥스 따위 없이, 아니 처음부터 끝까지 클라이맥스로 이루어진, 쉴 틈 없이 치밀하게 밀어붙이는 DMX의 음악은 도대체 몸을 멈출 수 없게 만들었다.

두텁게 가려진 창문 틈으로 햇살이 새어 들어왔다.

한참 춤을 추고 있는데 K가 바닥을 가리켰다. 바닥에서 동전 몇 개가 조명을 받아 반짝거렸다. 우리는 춤을 멈추고 동전을 주워 가방에 집어넣으며 낄낄거렸다. 뭘 하고 있는 거지.

클럽에서 나왔을 때는, 해가 꼭대기에 떠 있었고, 클럽 안에 있는 것보다 더 많은 사람들이 입장을 기다리고 있었다. 우리는 풀밭을 가로지르며 아까 주운 동전을 세어보았다. 2유로 50센트. 그 돈으로 우리는 커다란 유리병에 든 토마토주스를 샀다. 그것을 나누어 마시며 집으로 돌아왔다.

*

월요일, 글을 쓰기 시작했다. 글의 대부분을 크로이츠베르크의 한 카페에서 썼다. 높은 천장, 그리고 적은 수의 탁자들이 실내 양편에 늘어선 구조가 마음에 들었다. 나무로 만든 탁자 위에는 아침에 뒤뜰에서 꺾어온 듯한 이름 모를 작은 꽃들이 놓여 있었다. 거기서 네 번째 장편소설을 완성했다.

*

글쓰기는 순조롭게 진행되었다. 문제는 다른 데서 생겨났다. 엉뚱하게도 그것은 베를린이었다. 세 번째 방문, 세 번의 반복 속에서 베를린이라는 도시에 대한 환상이 무너져 내리기 시작한 것이다.

구체적으로 말해, 현재 유럽에서 가장 쿨한 도시라는 그곳에서 나는 자꾸만 모든 것이 끝났다는 느낌을 받았다. 물론 도시는 여전히 만들어지는 중이었다. 도시는 빈틈으로 가득했다. 서베를린과 도심을 제외하면 도시 전체가 거대한 슬럼가로 보이기도 했다. 하지만 자세히 들여다보면 그런 장소 대부분이 슬럼과 거리가 멀었다. 그냥 그렇게 보일 뿐. 다시 말해, 스타일. 베를린이라는 도시가 가진 쿨한 스타일.

낙서로 가득한 오래된 건물들은 이지젯 클러버[5]로 붐비는 클럽이거나 혹은 펑크들에게 무단점거되어 공짜 호스텔처럼 쓰인다. 벌판에 늘어선 캐러벤은 돈 없는 젊은이들의 낭만적인 주거수단이다. 그리고 이 모든 것이 더없이 문화적이다. 베를린이라는 도시의 세련된 이미지를 완성하는 작은 퍼즐 조각들….

도시 전체가 비비안 웨스트우드의 컬렉션 같다. 그러니까 패션. 다시 말해 유행.

5) easy jet – 유럽의 저가 항공사 가운데 하나. 이지젯 클러버란 저가항공사의 등장으로 저렴한 가격에 비행기로 손쉽게 유럽 대도시를 옮겨 다니며 클럽에서 주말밤을 보내는 젊은이들을 가리킨다.

동베를린의 모든 장소에는 이야깃거리가 있다. 베르크하인이 전력 회사였다면, 골든게이트는 동독 시절 서비스센터로 쓰였던 좁은 클럽이다. 새벽 6시, 애프터파티를 즐기러 온 사람들로 클럽이 붐빈다. 밤새도록 싸구려 댄스음악이 울려퍼지고, 분위기는 고등학생들의 즐거운 생일잔치, 클럽을 메운 사람들의 몸짓은 비슷비슷하다. 모두가 즐거워 보인다. 가려진 창 너머 햇살이 파고든다.

독특하고 새로운, 더없이 문화적인 명소들. 그것은 언뜻 보면 신좌파적 유토피아의 실현으로 보인다. 하지만 사실 공산주의라는 정치적 꿈이 자유주의의 공격에 의해 약탈되어간 과정에 가깝지 않은가? 모든 것이 허용된 것처럼 보이는 이곳에서 나는 상상력이라는 것이 완전히 뿌리 뽑힌 듯한 느낌을 받는다.

아아, 난 아무래도 몹시 북한 같은 말을 하고 있다. 코카콜라는 악마의 음료야 – 그러니 펩시를 가져와.

오늘 밤도 이 도시 어딘가에서는 불타고 있을 것이다. 눈치 없이 세워진 아우디 따위가. 여기는 베를린이니까. 어, 베를린적 전통을 지속하기 위해서.

하지만 그것은, 결국 세련된 방식의 뉴타운 개발이 아닌가? 포크레인과 용역깡패 대신에 분노할 대상을 찾아 헤매는 어린애들을 앞세우는. 곧 그 지역은 부티크와 살롱이 들어서고, 좋은 취향의 부유한 애들이 기어들어오고, 집값이 오르고, 그러는 동안 분노한 어린애들은 어느새 자취를 감출 것이다. 그들은 또 다른 곳, 또 다른 부수고 파괴할 곳을 향해 갈 것이다. 거긴 과거 공장지대, 정부 소유의 건물, 혹은 외국인 노동자들이 밀집되어 있는 아파트단지일지도 모른다. 런던에서, 뉴욕에서, 베를린에서 완전히 똑같은 일이 벌어진다. 그리고 난 이제 그런 철없는 신화를 전해 듣는 것이 지겹다. 노회하고 세련된 대도시에서 벌어지는 똑같은 불장난들, 똑같은 결말을 향해 달려가는 그 짓거리가 지겹다.

그렇다. 모든 것이 똑같다. 서울은 슬럼화하는 지방도시보다 도쿄와 훨씬 더 닮았다. 서울의 젊은이들은 지방 노동자들보다 뉴욕의 젊은이들과 더 많은 물질적·정신적 토대를 공유한다. 이 시대에 존재하는 유일한 제국의 지도는 입점한 도시의 리스트가 빽빽하게 새겨진 아메리칸 어패럴의 비닐백이다. 어쩌면 우리는 더 이상 한 나라의 시민이 아니다. 우리는 다른 나라에, 다른 세계와 다른 장소에 속해 있다. 아니, 누군가는 속해 있으며 누군가는 쫓겨났다. 나는 더 이상 국가의 존재 이유를 알지 못한다. 국가는 사라져야 마땅하다. 그건 나의 나라도 당신들의 나라도 아니다. 가진 자들의 것도 버려진 자들의 것도 아니다. 그것은 환상이며, 그 환상은 기능을 멈췄다. 나는 더 이상 국가를 알지 못한다. 오직 도시들이, 숨 막히도록 서로 닮아가는 도시들의 근친상간 이야기가 여기 있다.

*

요약하자면 나는 슬라보예 지젝을 읽어야 할 것 같은 기분에 빠져들고 있었다.

*

두스만에 가서 지젝의 책을 샀다. 매일 밤 잠들기 전, 침대에 누워 그것을 읽었다. 이 멋진 도시 베를린을 향한 알 수 없는 역겨움을 멈추게 하기 위해서. 그리고 그 책은 아주 좋은 해독제가 되어주었다. 나는 사람들이 지젝을 좋아하는 이유를 이해할 수 있었다. 그리고 그 사실에, 또 다시 구역질이 났다.

나는 그 구역질을 멈출 수 있는 방법을 몰랐으므로, 그저 돌려막기 하듯이 떠들썩하게 시간을 보내며 그 감정을 파묻고 또 파묻었다. 매일 아침 카페에 가서, 서울에 대한 글을 썼다. 저녁에는 시내의 맛집을 탐방했다. 주말에는 클럽에 가서 밤을 지새웠다. 그리고 늦은 밤 혼자 남았을 때는 재빨리 지젝의 책을 펼쳐들었다. 마치 혼란에 빠진 기독교 신자가 성경을 집어들듯이, 그 책을 집어들었다. 그런 식으로 문제는 해결되는 듯했다. 한동안은 그렇게 생각했다.

그러나 평화는 오래가지 않았다. 소설의 초고를 끝내고 달력을 보니 예상한 기간의 절반도 지나지 않아 있었다. 베를린에 도착한 지 한 달도 채 되지 않아서였다. 그리고 나는 더 이상 할 일이 없었다. 더 이상 문제를 돌려막을 에너지도 남아 있지 않았다. 남은 것은 곧 베를린에 도착할 친구들을 기다리는 것뿐. 1주일 남짓 나는 말 그대로 패닉에 빠져 있었다. 내가 가진 것은 오직 시간이었고, 끝없이 펼쳐진 백지들 앞에서 나는 완전히 당황하기 시작했다. 나에겐 아무 힘이 남아 있지 않았다. 그 백지들을 채울. 그렇다고 구겨버릴 힘조차. 어, 나는 진짜 당황했다. 그런 상황은 처음이었다. 나는 아무것도 할 수가 없었다. 아무도 만날 수가 없었다. 나는 한국으로 돌아가고 싶었다.

Musashi
武蔵
Heisei Nakamura
CLEOPATRA

10.

견딜 만함

보이는 것은 오래된 광장, 벽돌을 쌓아 지은 오래된 역, 오래된 나무들. 그리고 늘어선 독일산 자동차들.

나는 집 앞 카페의 테라스에 앉아 건성으로 노트북을 들여다보고 있었다.

지겨웠다. 아니 버거웠다. 이 눈부신 햇살이, 이 여행이, 어, 무엇보다 여행 그 자체, 끊임없이 헤매고 다니는 내가.

하지만 투덜대면서도 나는 이 짓을 멈추지 않겠지.

계속해서 헤매고 다니겠지.

뭔가 다른 거, 뭔가 더 좋은 거, 그딴 거 없다고 생각하면서도 한편으로는 기대를 버리지 못하고 매일매일 이러겠지.

열광은 얼마나 찰나인가.

기적은 얼마나 일회용인가.

하지만 영혼은 얼마나 그것에 사로잡히는가.

나는 나무에 덮인 거리를 바라보았다.

머리 위로 쏟아져 내리는 햇살을 느끼며

이 상태가 영원하기를

이 상태 그대로 박제되기를, 원하기를 원했다.

나는 원할 수 없었다.

원하기를 원할 뿐. 원하기를 원하기를 원할 수 있을 뿐이었다.

내 마음은 의심으로 가득했고, 이제 더 이상

이따위 기쁨에 속는 바보짓이 지겨웠다.

하지만 멈출 수가 없다.

나는 멍청이니까.

끊임없이 새로운 것을 찾아 헤매는 마음, 그것은 어쩌면 취하는 것과 비슷하다.

남은 것은 숙취. 끔찍한 두통을 동반한, 소위, 깨어남.

남는 것은 권태.

아무 방향도 목적도 없는, 무의미한, 그저 끔찍하게 달콤한 시간들, 시간들만이 내 앞에 펼쳐져 있었다.

지난 며칠간 나는 온갖 방법을 동원하여 문제를 해결하기 위해 애썼다. 책을 읽고 산책을 하고 테라스에 누워 거리를 바라보았다. 사람을 만나고 전화를 하고 메일을 썼다. 그런 순간들 속에서 나는 잠깐씩 균형감각을 되찾았다. 아니 그런듯했다. 하지만 아니었다. 상황은 원점으로 되돌아갔다.

우울.

여기 그것이 있다. 그것을 느낀다. 그것은 지극히 동물적이다.

그렇다. 동물만이 우울을 느낀다.

나는 아마도 식물이 되고 싶다.

나를 둘러싼 모든 것이 혐오스럽다. 거리의 포석 위로 내려앉는 따스한 햇살, 그리고 그것과 같은 톤의 이케아의 등 – 이 뿜어내는 따스한 노란 빛 – 이라는 사기가 구역질이 난다. 갑자기 내 앞에서 모든 것이 근사한 코트를 벗고 맨살을 드러내기 시작한 것이다. 너절할 정도로 헤프게.

나는 다시는 이런 짓을 하지 말자고 다짐했다. 몇 번이고, 반복해서. 스스로가 그저 개새끼로 느껴질 뿐인 이따위 소모적인 짓을 멈춰야 한다. 대체 뭐가 잘못된 걸까? 나는 묻고 또 물었다. 하지만 거기엔 답 같은 건 없었다. 곧 해가 지기 시작했다.

*

오후 6시, 아직 해가 어깨에 걸려 있는 시간, 나는 새하얀 부엌에서 움직이고 있다. 양파를 썰고, 불린 쌀을 냄비에 넣고, 접시를 꺼내고, 팬에 식용유를 두르고, 고기를 끓는 냄비 속에 넣는다. 나는 움직이고 있지만 거의 쓰러지기 직전이라는 것을 안다. 아직 주저앉지 않았지만 곧 주저앉게 되리라는 것을 안다. 하여 나는 필사적으로 움직인다. 주저앉지 않으려고. 간장에 설탕을 섞고, 냄비의 뚜껑을 열고, 불을 확인하고, 싱크대에 접시를 넣고, 쌀이 든 냄비를 불에 얹는다. 문득 아득하다. 사방에 칠해진 흰색 페인트만큼이나 순수한 우울이 나를 집어삼키고 있다. 정적 속에서, 아무 방해도 없이, 극히 순수하고 추상적인 형태의 우울에 나는 사로잡히고 있다. 그 순간, 나는 바로 그 순간 속에 있다. 그것은 의외로 쾌락적이다. 사실 이것은 별로 심오한 데가 없는 사건이다. 뇌의 결함, 실수, 호르몬의 불균형, 다시 말해 지극히 화학적이며 물질적인 문제. 정신이 아니라 육체의 문제다. 그렇다. 그렇게 믿는다. 그렇게 믿기 위해 노력한다. 아니, 나는 엔지니어 행세를 한다. 매뉴얼을 통해 우울증을 해결하려고 한다. 그러니 내가 제일 먼저 하는 것은 구글이다.

How to fight depression and feel awesome without drugs…

그 문서에 따르면 내가 가진 것은 전형적인 우울증 증상이다. 나는 같은 날이 펼쳐질 미래를 본다. 까마득하게 펼쳐진 똑같은 미래. 나는 이해한다. 숨이 막힌다. 나는 분석한다. 나는 이해한다. 그게 내 목을 조여 온다.

양파 조각 하나가 바닥으로 떨어진다. 그것을 향해 몸을 굽히며 나는 그대로 바닥으로 몸을 던지고 싶다. 아니, 그따위 생각마저 불가능하다. 나는 그저 헐떡인다.

그러나 다시 말하지만, 이것은 그저 뇌의 문제다. 뉴런과 시냅스, 호르몬의 문제다. 그것은 치료될 수 있다. 치료되어야 한다. 나는 다시 구글로 돌아가 약물의 도움 없이 우울증에 맞서 싸우는 세 가지 방법이라는 제목의 웹문서를 클릭한다.

첫째, 생각의 패턴을 바꿔라.

둘째, 자신을 표현하라.

셋째, 당신 내면의 영적인 면을 가꿔라.

만약 맞서 싸울 수 없다면, 실패했다면, 그런 척이라도 해야 한다. 볼을 살굿빛으로 물들이고, 반짝반짝한 새 옷을 입어보자. 필라테스를 해보라. 몸과 마음이 가벼워질 것이다. 어쩌면 그런 식으로 사람들은 보기 좋아진다. 삶이 텅 비어 있고 무가치해질수록 사람들은 예뻐진다. 자신의 영혼을 거품으로 꽉 채운 다음 거품물에 빠져 죽지 않기 위해 애쓴다. 하지만 거품물 익사는 나쁘지 않게 느껴진다. 그것은 부드러우며 좋은 냄새가 난다. 샴푸 냄새 나는 죽음, 정말이지 나쁘지 않아 보인다.

잠에서 깨어나 천장을 보면 그것이 자신을 향해 무너져 내리려 하는 것을 느낄 수 있다.

삶에는 환상이 필요하다. 내가 나라는 환상. 우리가 함께한다는 환상. 혼자가 아니라는 환상. 사랑받고 있다는 환상. 우리가, 같은 언어를 사용하고 있다는 환상. 이해받고, 이해하고 있다는 환상. 그것이 없으면 미친다. 그것들이 존재하지 않는 세계를 인간들은 견딜 수 없다.

그것을 견디라는 것은 모욕이다. 사물들의 본모습. 맨얼굴을 드러낸 도시. 치부와 금기들. 사랑 없는 성관계. 개죽음. 카페인 빠진 커피, 알코올 없는 맥주, 가짜약과 인공향, 그런데 이 모든 것은 정말 가짜인가? 모르겠다. 한 가지 확실한 것은 지금 여기서 환상과 거짓을 포함해 모든 것이 무너져 내리고 있다는 것. 살점들이 녹아내리고 앙상한 뼈마디가 드러나기 시작한다. 사람들은 이것을 우울증이라 부른다.

그렇다, 인간들은 몰환상을 견딜 수 없다. 하여 우울증이란 범주를 만들어냈다. 만약 이 범주가 소멸된다면, 더 이상 인간은 존재하지 않을 것이다. 아니 있을지도 모른다. 하지만 그것은 더 이상 우리가 알고 있는 인간이 아닐 것이다. 그리고 나는 헌 인간, 오래된 인간적 감정이 내 목을 조른다. 이것을 제거하고 싶다. 새 인간이 되고 싶다. 환상을 다 발라낸 세계 속에서, 그것을 견디고 싶다. 살을 다 발라낸, 뼈만 남은 세계를, 그것이 작동하는 것을 보고 싶다. 왜냐고? 이 고통에서 해방되기 위해. 이 인간됨의 저주를 끊어내기 위해. 지금 내가 늘어놓는 말들은 제정신이 아니다. 왜냐하면 나는 미쳤기 때문에. 인간됨이 나를 미치게 만든다. 끔찍한 밤이다.

*

D가 베를린에 도착했다. 엄청난 더위와 함께 7월이 시작되었다.

*

위도상 서울보다 북쪽에 위치한 베를린의 여름은 짧고 건조하며, 아주 더운 날도 30도를 넘기지 않는다. 그런데 6월 말부터 열흘 가까이 40도에 가까운 더위가 기승을 부리고 있었다. 가장 큰 문제는 베를린이 더위에 아무런 대비가 되어 있지 않은 도시라는 것이었다. 베를린은 에어컨이 흔치 않은 도시였다. 대낮의 전철에도, 시내의 스시 바에도, 카페에도, 서점에도, 쿠담의 고급상점에도 에어컨 따위는 없었다. 가는 식당마다 얼음기계가 고장이 났다며 미지근한 커피를 내놓았고, 선풍기는 품절된 지 오래였다. 결국 나는 땀띠가 났다. 에어컨이 고장난 기차에서 사람이 죽었다는 소식을 들었다.

*

며칠 뒤, S 또한 베를린에 왔다. 그리고 한동안 떠들썩하게 지냈다. 더위를 피하기 위해 백화점으로, 박물관으로, 미술관으로, 호수로 향했다. K의 친구 학교의 졸업파티에 놀러가 맨발에 피가 날 때까지 춤을 췄다. 한낮의 더위 속에서, 100개쯤의 샌들을 신어봤다. 근사한 독일산 맥주를 원 없이 마셨다. 찢어진 망사스타킹을 신고 동네의 아트 파티에 갔다가 외국인에게 린치를 당하기도 했다. 그것을 제외하면 대체로 즐거웠다.

*

베를린 현재 기온 36도. 나는 크로이츠베르크의 단골 카페에 있었다. 집이 너무 더워서 도망쳐 나왔는데 역시 여기에도 에어컨은 없다. 복도를 타고 들어오는 후덥지근한 바람에 겨우 견딜 만한 정도.

토이타운저머니toytowngermany.com는 독일에 사는 외국인을 위한 영어 웹사이트다. 누군가 적절하게도 베를린에 에어컨을 트는 곳이 없느냐는 질문을 올렸다. 답변들을 읽어본다.

– 스타벅스에 가세요.
– 유럽에는 에어컨디셔너라는 용어가 존재하지 않는 것 같다.
– 맥주를 마셔요.
– 미국계 호텔 체인을 공략해보세요.
– 내 남편이 에어컨을 트는 극장을 찾아내었다. (그렇다면 보통의 베를린의 극장은 에어컨을 틀지 않는다는 얘기인가?)

견딜 만한 더위 속에서, 견딜 만큼 땀을 흘리며, 나는 견딜 만큼 뜨겁게 달구어진 맥북을 두드린다. 견딜 만함. 그것은 현재의 베를린에 관한 적절한 수사다. 한낮, 엄청난 열기로 가득한 전철 한구석에 차분하게 앉아 있는 검은 옷의 남자는, 자세히 보면 온 얼굴이 땀으로 범벅이 되어 있다. 하지만 그런 그의 표정은 해탈에 이른 듯 평온하다. 그를 보며 깨닫는다. 이들은 이 모든 것이 정말로 당연하고 자연스럽다고 생각하고 있는 것이다. 더우면 땀이 나고 땀이 나면 흘린다. 생각해보면 이런 식의 사고방식이 도시 전체에 만연해 있다. 최근 내가 발견한 베를린의 특징 중 하나는 온 도시에 깨진 병이 나뒹굴고 있다는 것인데, 그것은 이 도시가 가진 험악함을 상징한다기보다는 그저, 유리병은 깨어지는 속성을 가지고 있다는 것에 대한 자연스러운 표현에 가까워 보인다. 설명하기 힘들지만 대충 그런 식의 운명적인 뉘앙스가 거기에 있다. 깨부수려는 것이 아니었어, 그냥, 유리병은 원래 깨지는 거니까. 하지만 더욱 놀라운 것은 동베를린에는 맨발로 걸어 다니는 사람들이 많다는 것이다. 마치 한국인이 슬리퍼 없이 자기 집 안을 돌아다니듯이, 많은 젊은이들이 맨발로 거리를 걸어 다닌다. 그렇다면 궁금해진다. 그러다 유리조각에 발을 다치지 않을까? 물론 맞다. 맨발로 다니다 보면 발을 다친다. 하지만 그것 또한 자연스러운 일이 아닌가? 내가 얼마 전에 맨발로 춤을 추다가 발바닥이 찢어진 것처럼 말이다.

그렇다.

난 문득 베를린이란 도시에 호감을 느끼기 시작했다. 그러니까, 견딜 만하다. 이 도시는. 깨끗하지도 더럽지도 않은, 에어컨도 선풍기도 없는, 이 투박한 도시의 견딜 만한 수준의 인종차별과 견딜 만한 수준의 불친절과 무엇보다도 지금 이 카페의 견딜 만한 수준의 더위가.

생각해보면 이런 총체적인 어정쩡함이 당대 유럽의 핵심 정서가 아닌가? 캘리포니아식의 표백한 듯한 친절함과 멀리 떨어진. 혹은 뉴욕 외곽 슬럼가의 실제적인 위험과도 다른. 이 어중간하고 답답하고 체념적이며 굼뜨기 짝이 없는 바보 같은 면이 이 오래된 대륙이 가진 유일한 미덕인지도 모르겠다.

*

어느 날인가 밤새도록 집이 시끄러웠다. 토마스는 주말에 엄마가 방문한다고 했을 뿐이다. 하지만 그의 엄마를 포함해 온갖 사람들이 집으로 꾸역꾸역 몰려들고 알 수 없는 파티가 온종일 계속되었다. 급기야 다음날 아침 7시쯤 토마스가 부엌에서 기타를 치며 시끄럽게 노래를 불러 잠을 깨웠을 때 나는 더 이상 참을 수가 없었다.

기타를 치기엔 너무 이른 시간이라고 생각하지 않니?

나는 한껏 짜증 난 얼굴로 부엌 창문에 걸터앉은 채 해맑은 표정으로 기타 줄을 튕기는 토마스를 향해 쏘아붙였다.

아, 어, 미안…. 그는 당황한 듯 말을 더듬었다. 어제 결혼을 했거든.

뭐?

어제 마리랑 결혼했다구.

아…. 나는 당황하여 말을 더듬었다. 어…, 축하해.

*

런던에 갔다.

*

공항버스가 나를 런던 한복판에 내려놓고 떠났을 때, 내가 떠올린 것은 명동이었다. 신기했다, 런던은. 거기엔 대륙의 유럽 도시들이 가진 '견딜 만함'의 정서가 없었다. 그 도시는 뉴욕보다도 더 국제적이며, 더 미쳐 있었고, 그래서인지 서울에 가까워 보였다. 더 늙고, 더 화려한 서울. 그곳의 최고 부자들은 인도인들이었으며, 헤롯백화점은 아랍부자들을 위한 동대문 시장이었고, 거리는 폴란드 이민자들이 장악

한 지 오래였다. 전 세계에서 가장 쿨한 현대미술 컬렉션을 갖추고 있는 테이트모던은 한때 공장이었고, 동부 슬럼가 한복판에는 올림픽 주경기장이 지어지고 있었다. 첼시의 부자들 사이에서는 저택 아래 땅굴을 파는 취미가 유행이었고, 파키스탄에서 온 노동자들은 20명이 한 집에 살며 일해서 번 돈을 고향에 부쳤다. 붕괴된 중산층 백인들은 삶의 질을 유지하기 위해 영어선생이 되거나 포르투갈, 일본 혹은 싱가포르로 떠났다. 그리고 내가 방문한 시기, 런던에서는 바닥에 질질 끌리게 긴 치마가 유행이었다. 리젠트가의 젊은 여자들은 하나같이 최신 유행 롱스커트의 밑단으로 늙은 거리를 쓰다듬으며 나아갔다. 도시에서 유일하게 평화를 느낄 수 있는 것은 블룸스버리에 있는 오래된 좌파서점이었는데 거기는 혁명이 탄생하는 장소라기보다는 한물간 관광명소 같았다. 붉은색의, 혁명적으로 디자인된 팸플릿들은 런던의 빨간 버스 그림이 그려진 티tea 컬렉션, 샴페인이 든 초콜릿, 100년쯤 된 유리화병과 분간되지 않았다. 하나의 자연사하는 정신의 평화가 거기에 있었다. 그 평화가 슬펐고, 그래서 짜증이 났다. 신좌파들의 망해버린 현좌표를 보여주는 것 같아서. 나는 그 못생긴 감정을 잊기 위해 재빨리 롱스커트와 톱숍의 거리로 도망쳤다.

*

런던에서 돌아온 것은 저녁 무렵이었다. D와 함께 밥을 먹으러 동네 중심가로 나갔다. 나는 내내 런던 욕을 늘어놓았고, 하여 런던에게 미안하기도 했지만, 그러나 거리를 가득 채운 무성한 나무를 바라보며 하이드파크 따위 무슨 소용인가 여긴 거리 전체가 정글인데 따위의 말을 끝없이 중얼거렸다. 넓은 길과 나무들 그리고 아주 적은 사람들과 커다란 개들을 새삼스레 신기하다는 듯 바라보았다. 우리는 배가 고팠지만 식당을 향해 걷는다기보다는 내키는 대로, 의지도 목적도 없이 그저 걷고 또 걷는 것에 가까웠다. 사실 나는 내가 어디에 있는지 약간은 헷갈렸다.

그렇게 목적 없이 걷다가 거리의 구석에서 작은 케이크 가게를 발견했다. 아주 예쁘고 맛있어 보이는 케이크를 팔았다. 치즈케이크와 초코케이크를 한 덩이씩 주문했고 주인여자가 그것들을 얇은 일회용 종이접시(터키피자를 살 때 담아주는)에 담아 알루미늄 포일로 포장을 해주었다. D가 그것을 손바닥 위에 올려놓고 걸었다. 그렇게 한참을 걷다가 갑자기 나는 외쳤다. 런던이라면 절대 이런 식으로 포장해주지 않을 거야! 거기라면 분명 그 가게용으로 디자인된 엄청나게 귀여운 상자에 케이크를 담아서 엄청나게 귀여운 리본으로 묶고, 또 엄청나게 귀여운 쇼핑백에 담아서 줄 게 분명해! 알루미늄 포일과 종이접시라니! 이건 아름답지도 않지만 심지어 실용적이지도 않잖아! 케이크가

찌그러질지도 모르는데다가 손잡이도 없어서 손바닥에 올려놓고 걸어야 하는걸!

잔뜩 흥분해서 외치고 나니 배가 고파졌다. D가 차분한 말투로 케이크를 먹자고 했다. 마침 비가 내리기 시작했다. D가 치즈케이크의 포장지를 벗겨 한 입 베어 먹고 나에게 줬다. 나도 한입 베어 물었다. 아주 맛이 있었다. 우리는 케이크를 베어 먹으며 정글처럼 나무와 잡초가 우거진 노이쾰른의 대로를 걸었다. 가는 비가 우리의 손바닥 위에 얹어진 케이크 위로 소리 없이 내려앉았다.

저녁을 먹고 집으로 돌아오는 길, 우리는 순전히 재미삼아 길에 버려진 옷을 뒤지기 시작했다. 열정이 지나쳐 쓰레기통 속으로 기어 들어가기도 했다. 그러다 공원 입구에서 H&M의 검정색 후드 짚업 점퍼를 발견했다. 그건 나한테 딱 맞았고 깨끗했으며 희미하게 페브리즈 냄새가 났다. 그걸 주워서 집으로 돌아왔다(4년이 지난 지금까지도 아주 잘 입고 있다).

그날 밤 D와 나는 늦도록 잠들지 못했다. 우리의 대화는 런던과, 영국식 악센트, 톰 울프의 허영심에 관한 어떤 소설, 리젠트가의 한 상점에서 발견한 흰 장미같이 생긴 스커트, 테이트모던, 프랜시스 베이컨과 카라바조, 그리고 렘브란트…를 거쳐 다시 베를린으로 향했다. 너무 열심히 이야기를 나누었는지 배가 고파졌다. 나는 냉장고에 파가 한 단 남아 있다는 사실을 떠올렸다. 선반에는 토마스의 밀가루가 있었다. D가 파전을 부치기 시작했다. 부엌 한구석에는 반쯤 남은 럼주가 있었다. 우리는 그것과 함께 파전을 먹었다. 아주 맛이 있었다. 먹고 나서도 계속해서 떠들었다. 창밖으로 날이 밝아오기 시작했다.

*

몇 시간 뒤 D는 기차를 타고 북쪽의 바닷가 도시로 떠났다.

*

토마스가 마리와 이혼했다.

11.
베를린,
천국

토마스와 마리의 이혼은 결혼만큼이나 신속했다. 마리는 집을 옮겼고, 울적해하던 토마스는 히치하이킹으로 오스트리아에 갔다 왔다. 진정한 관계 따위 수백 년 전에 사라져버렸지. 토마스가 특유의 허세스러운 말투로 중얼거렸다. 별로 슬프진 않아. 내가 결정한 거니까. 그러고는 친구를 만나러 나갔다가 바람을 맞고 돌아와 얌전히 설거지를 하더니 방에 처박혀 노트북으로 미드를 보기 시작했다.

*

한편 나는 돈이 다 떨어졌다는 것을 깨달았다. 하지만 괜찮았다. 베를린은 가난하게 지내기 좋은 도시였다. 특히나 내가 사는 동네는 소비욕을 자극하는 것이 거의 없었다. 베를린의 멋진 점은 물질적 궁핍함이 정신까지 황폐하게 만들지는 않는다는 것이다. 돈 없이도 할 수 있는 근사한 일들이 많았다. 친구 집에 모여 피자를 구워먹거나 근처의 공원에 나가 맥주를 마시며 뒹구는 것만으로도 기분전환이 되었다. 나는 외식을 중단했고, 요리들을 개발하기 시작했다. 곧 나는 요리왕이 되었다.

*

슈퍼마켓에 가는 길, 세차게 내리는 비에 우산을 쓰고 점퍼에 달린 모자를 푹 눌러쓴 채 종종걸음으로 걷고 있는 내 앞으로 맨발의 여자애가 우산도 없이 한 손에 신발을 든 채 환하게 웃으며 지나간다. 문득 주위를 돌아보니 절반 정도의 사람들이 우산 없이, 느릿느릿 걷고 있었다. 더우면 에어컨을 트는 대신 땀을 흘리고 비가 오면 우산을 쓰는 대신 비를 맞는 이 베를린 사람들은 겨울이 오면 또 조용히 추위를 견디겠지. 진정 자연의 삶이다. 이게 무슨 도시인가.

*

이혼 후 기운이 빠져 보이는 토마스에게 떡볶이를 만들어주었다.

*

7월의 마지막 주말 밤 맥주를 한 다스 사들고 레이첼의 집에 갔다. 레이첼은 런던에 가는 길 공항에서 만나 친해진 불가리아 여자였다. 박사학위를 준비하며 베를린의 무슨무슨 기관에서 연구원으로 일하고 있다는 그녀는 파티광이었다. 파티광답게 그녀의 집에서 걸어서 5분 거리에 베를린에서 유명한 클럽들이 모두 모여 있다.

전철에서 내려 그녀의 집으로 향하는 길, '나 이따 클럽 간다'라고 이마에 써 붙인 무리들로 거리는 벌써부터 붐비고 있었다. 레이첼의 집에 도착했을 땐, 이미 그녀의 친구들로 거실이 꽉 차 있었다. 맥북에는 유튜브가 띄워져 있었고 흘러간 흑인음악이 흘러나왔다. 자유를 찾아 답답한 시골을 떠나 베를린으로 온 게이가 전혀 독일 같지 않은 베를린에 대해서 이야기하기 시작했다. 사람들은 이따금 그의 말에 동의했고, 음악에 맞춰 손가락을 까딱거렸다. 그런 그들은 전혀 독일 같지 않은 베를린이라는 전형성을 온몸으로 구현하는 전형적인 베를리너들로 보였다.

새벽 2시, 우리는 클럽으로 향했다. 언뜻 보면 해수욕장의 여름용 텐트촌처럼 보이는 황량한 풀밭에 클럽으로 쓰이는 가건물들이 띄엄 띄엄 늘어서 있었다. 수어사이드 서커스. 오늘 우리는 저기에 갈 거야. H가 말했다. 도착한 클럽 앞에는 사람들이 끝없이 늘어서 있었다.

몇 시까지 있을 생각이야?

6시? 10시? 모르겠는데, 아무튼 아침까지.

*

H는 좀 특이했다. 검게 염색한 머리에 대충 걸쳐입은 티셔츠와 청바지, 상처가 있는 커다란 맨발, 창백한 얼굴에 옅은 푸른 눈의 그는 빅뱅과 이정현과 소녀시대를 나보다 더 잘 알았고, 쉬지 않고 담배를 말아 피우며 엄청 웃긴 농담을 툭툭 던지거나 진지한 얼굴로 지금 자신은 무직 상태라고 말했다.

하지만 그런 H의 집은 지금까지 내가 방문한 독일인의 집 가운데 두 번째로 부자동네에 있었다. 디자이너들의 소규모 부티크로 가득한 거리를 걸으며 나는 생각했다. 무직의 독일인이 어떻게 이런 부자동네에 살지?

그리고 들어선 그의 집은 그 집이 있는 거리만큼이나 부유해 보였다…라기보다는 이케아적인 데가 전혀 없었다. 거실에 걸린 등, 구석에 대충 놓인 탁자와 의자 따위가 한눈에 봐도 제대로 된 상점에서 제값을 주고 산 것이었다. 나는 깨달았다. 아, 이 사람은 학생이 아니구나. 곧 그의 직업은 프로그래머로 밝혀졌다. 거실에 놓인 모니터의 바탕화면에는 커다란 가슴의 일본 미소녀가 띄워져 있었다. 나는 그것을 보고 그가 가진 어쩐지 왕따 같아 보이는 분위기는 그가 오타쿠이기 때문이라는 것을 깨달았다.

H가 테라스에서 고기를 굽기 시작했다. 레이첼은 춤을 췄고, 그녀의 독일인 친구들은 언제나처럼 조금은 수줍어 보였다. 옆에 앉은 캐나다인이 고품질의 마리화나의 품종명과 재배지역을 랩을 하듯 늘어놓으며 잘난 척을 하고 있었다. 나는 인터넷으로 노이쾰른행 새벽버스를 검색하기 시작했고, 그때, 모니터에서 소녀시대의 '소원을 말해봐' 뮤직비디오가 흘러나왔다. 사람들이 호기심에 가득한 표정으로 컴퓨터 모니터 앞으로 몰려들었다. H는 의기양양한 표정을 짓고 있었다. 사람들은 어떻게 반응해야 할지 모르겠다는 표정을 지은 채 그 인형 같은 여자애들이 발을 흔드는 것을 바라보았다. 그들의 눈에는 저 아시아 소녀들의 단백질인형 같은 매력이 불편한 것 같았다. 아고리아를 틀자! 레이첼이 외쳤다. 음악이 바뀌었다.

*

꿈에서 나는 저녁식사를 하려는 참이었다. 나는 문득 뭔가를 깨달았고 그것을 말했다. 아세요? 지금 여기가 꿈속이라는 걸? 나는 멋지다고 생각했다. 내가 꿈속에 있다는 것을 안다는 것. 사람들은 내 말에 약간 놀란 기색이었지만 별말 없이 저녁을 먹었다. 거기는 베트남 식당이었다. 식당 주인의 아들은 스물일곱 살로 한국말을 아주 잘했다. 그는 여자를 한 번도 안 사귀어봤다고 했다. 그가 긍정적으로 말했다. 나이가 들수록 오히려 연애하기가 편해지는 거 같아. 연애와 동시에 결혼을 할 수 있잖아. 다음 장면에서 나는 오스트크로이츠역에 있었다. 대학 시절의 친구를 만났다. 곧, 보자. 연락할게. 그녀가 말했다. 내 전화번호 갖고 있어? 내가 물었다. 당연하지. 넌 없어? 아니, 나도 있지. 내가 대답했다. 그녀는 인형이 잔뜩 든 가방을 들고 있었다.

*

한낮의 에스반 전철 안, 문이 열릴 때마다 플랫폼에 담뱃재를 터는 펑크커플, 한 손에 맥주를 쥔 아저씨, 검은색 마법사풍 외투를 걸치고 책을 읽는 남자애, 마지막으로 유모차에 누워 지겹게 울고 있는 아이가 있다. 평화롭고 자연스러운, 지극히 베를린적인 조합.

전철 창 너머, 천천히 지어지고 있는 쇼핑몰을 벽돌색 페인트로 칠하고 있는 남자는 전형적인 노동자의 외형을 갖고 있다. 짧게 친 금발머리, 파스텔블루의 멜빵바지, 닭가슴살과 덤벨운동이 아니라 다년간의 노동을 통해 형성된 단단한 근육질의 팔뚝. 전철이 출발하고 쇼핑몰과 함께 그가 멀어진다.

*

집으로 돌아오자 토마스가 연 파티가 시작되어 있었다. 페퍼민트 술을 들고 온, 누구에게도 초대받지 않은 여자애가 토마스의 침대로 기어들어가 그대로 잠들어 있었다. 그녀의 얼굴 바로 옆에는 커다란 스피커가 나란히 두 대 놓여 있었고, 토마스의 친구가 음악을 틀고 있었다. 그의 뒤에 놓인 구식 피아노에는(마리가 방에 있던 거의 모든 것을 챙겨서 나간 뒤, 프라이팬을 사겠다고 나간 토마스는 뚱딴지같이 피아노를 사서 돌아왔다) 토마스의 친구들이 매달려서 아무렇게나 건반을 두드려대고 있었다. 한편, 방 한가운데에 앉아 있는 온화한 표정의 A는 스위스에서 연극연출을 공부하고 있다고 했다. 그가 가장 좋아하는 극작가는 뷔히너였고, 그건 나와 같았다. 뷔히너로 시작된 우리의 대화는 카프카와 옐리네크를 거쳐 헤어조크에 닿았다. 그러고 보면 저 모든 근사한 독일어권 예술에 대해서 독일인과 이야기한 것이 처음이었다. 이곳에 온 뒤로 누굴 만나든 주말의 클럽과 미니멀하우스, 그리고 동베를린에 대한 얘기만 끝도 없이 주절거렸던 것이다.

*

며칠 뒤 토마스가 말 그대로 길에서 사람들을 주워왔다. 집으로 돌아오는 길에서 예술가 무리를 발견하곤 이야기를 나누다가 잘 곳이 없다는 사정을 듣고 재워주기로 했다는 것이다. 그들은 멕시코시티에서 출발해 프라하를 거쳐 베를린에 왔다고 했다. 노이쾰른이 너무 마음에 들어 갤러리나 바 같은 것을 내려고 장소를 알아보는 중이라고….

중요한 것은, 난 지금 이 집에서 몇 명의 사람들이 지내고 있는지 모르겠다.

파티 후 토마스의 친구 A가 남아 있었다. 곧 그의 홍콩 친구 J가 도착할 예정이었다. 그리고 또 다른 사람들이 계속해서 머물고 떠나고 다시 도착했다. 부엌에 가면 언제나 모르는 사람이 빵에 버터를 바르다 말고 환하게 웃으며 인사했다. 안녕. 안녕. 너는 이름이 뭐니. 어디서 왔니. 나는 점차 호스텔에서 살고 있는 것 같은 기분이 되었다. 하지만 그동안 나도 내키는 대로 친구들을 데려다가 재웠기 때문에 별로 할 말도 없고 딱히 문제가 될 것도 없다.

토마스가 주워온 예술가 무리의 핀란드 여자, 치렁치렁한 금발머리를 양 갈래로 곱게 땋은 그녀가 나를 보자마자 상쾌한 말투로 물었다.

Do you know where I can buy some weed?
I don't know. Thomas might know, I guess.

부엌 너머 테라스에는 처음 보는 독일애가 있었다. 난 정말 이 동네가 좋아. 20년쯤 지나면 사람들한테 내가 그때 씨발 노이쾰른에 살았었다고 외치게 되겠지.

그렇다, 2030년 오늘, 20년 전 내가 찢어진 망사스타킹을 신고 동베를린의 칼 마르크스 거리를 걷다가 가난한 이민자에게 얻어맞았었다고 느끼한 표정으로 추억하게 되겠지.

*

얼마 전부터 토마스는 학교에 나가기 시작했다. 대학교가 아니라 고등학교를. 그는 고등학교를 다니다 말고 고향을 떠나 베를린으로 왔다. 그는 노래 부르는 것을 몹시 좋아했고 음악을 하고 싶어 했다. 그는 시간이 날 때마다 꽉 짜인 독일의 시스템이라거나 정신없이 빠르게 돌아가는 도시 베를린의 삶에 대해서 불평을 늘어놓았다.

A의 홍콩 친구가 베이징에 도착했다.

집에 사람들이 많아서 좋은 점. 먹을 것이 많다.

지난번 파티에서, 토마스와 함께 산 적이 있다는 어떤 남자애가 말했다. 토마스와 살았을 때 정말 재밌었어. 집에 온갖 종류의 사람들이 수십 명 수백 명씩 왔었다니까. 토마스는 진짜 대단해. 멋져.

*

A와 그의 홍콩 친구 J와 함께 하케셔 막트 근처에 있는 한국 음식점에 갔다. 100명이 넘는 한국인들과 함께 베이징의 한 국제학교를 다녔다는 그들은 나보다 더 한국음식에 대해 잘 알고 있는 것 같았다(A는 내가 다음번에 베를린 방문할 때 직접 담근 김치를 대접하겠다고 했다). J는 한국어를 곧잘 했는데 엄창, 꺼져, 너는 개다, 형 담배 좀, 오빠, 씹새 같은 말의 발음은 네이티브 수준이었다. 그는 케이팝과 한국 드

라마를 좋아했다. 그가 얼마 전에 봤다는 성유리가 나온 한국 드라마의 줄거리를 들려주었다. 그리고 중국에 대해서. 중국인들은 별로 중국인인 것에 자부심이 없어. 그의 말투는 지나치게 중립적이었다. 그냥 살아가는 거지. 다른 걸 생각할 겨를이 어디 있어, 자기 삶을 살아가는 것도 바빠 죽겠는데. 그리고 그가 스물한 살 때 베이징의 한 술집에서 일하는 열아홉 살짜리 남자애와 마주쳤던 얘기. 네 말투가 너무 배운 티가 나서 스물여섯 살은 된 줄 알았지 뭐야. 그 애가 J에게 그렇게 말했다고 한다.

*

이 도시는 아름답다. 그 아름다움이란 이를테면, 슬럼가에 속속 들어서는 세련된 술집, 늘씬한 잔에 담긴 엘더플라워향의 화이트와인, 스피커에서 흘러나오는 LCD사운드시스템의 음악 같은. 그건 얄팍하다. 그건 매혹적이다. 그게 편하다. 그건 역겹다. 그게 필요하다.

나는 분명하게 깨닫는다. 내가 저지른 실수는 현실 어딘가에 내 꿈을 만족시켜주는 도시가, 그런 장소가, 그런 거리가 있을지도 모른다고 믿었다는 것. 아주 잠깐이었지만 그런 꿈을 꾸고 말았다는 것. 멍청한 년. 엠마 보바리 같은. 어쩌다 나는 그런 한심한 꿈을 갖게 되었

나. 그리고 그건 왜 하필 베를린이었나. 그건 물론 여기가 천국이니까.

이 동네에 대한 소설을 쓸 거니? 토마스가 물었다.

어, 어쩌면, 언젠가(하지만 그건 이 동네를 엿먹이는 내용이 될 거다).

그럴 수밖에 없다. 왜냐하면, I feel sick being here.

It doesn't work.

It really really doesn't work, at all.

*

처음 베를린을 방문한 사람에게 동베를린의 딱 한 장소를 추천한다면 그것은 아마도 로우템펠Raw Tempel이 될 것이다. 바셔와역 근처에 있는 그곳은 일종의 복합문화공간인데, 수어사이드 서클을 포함해서 5개의 클럽과 카페, 비어가든, 갤러리, 스케이트보드장이 그 안에 속해 있다. 웬만한 대학캠퍼스 하나는 될 정도로 큰 구역 하나가 통째로 젊음에 바쳐져 있다. 스타벅스도 유니클로도, 은행도 슈퍼마켓도 없다. 클러버들이 모두 빠져나간 일요일 한낮 그래피티로 뒤덮인 건물들 사이로 난 길들은 무중력상태처럼 텅 비어 있다. 베를린은 도시 전체가 그래피티로 가득하지만 이곳의 그래피티는 단연 장관이다.

멍하니 그 안을 헤매다니다 보면 포스트모던이라는 다섯 글자가 머릿속에 플래카드처럼 펼쳐진다. 현실 공산주의의 실패, 그 잔해 위에 레이브파티를 새긴 도시. 거기서는 여전히 뭔가 끊임없이 진행 중인, 혹은 그런 듯 보이고 그것이 베를린과 다른 유럽 도시의 다른 점이다. 하지만 아직 완성이 되지 않았을 뿐이지 완성된 이 도시의 모습이 어떨지에 대해 모르는 사람은 없어 보인다. 어쩌면 이 모든 것은 포스트모던한 게 아니라 그저 데카당한 것뿐인지도 모르겠다.

그리고 25.

로우템펠의 좀 더 작고, 좀 더 요즘 버전의 장소. 모자란 운용비용을 기업들의 세미나를 유치하는 것으로 충당하고 있다고 한다. 영리하지 않나? 토마스가 말했다. 우리는 25의 야외 술집에 있었다. 스프리 강을 끼고 앉은 풍경이 근사했다. 멀리 그네 위에서 한 여자애가 흔들리고 있었다. 그네 앞, 새 둥지 같이 생긴 이층 건물은 사람들로 발 디딜 틈 없이 꽉 들어차 있었다. 한 남자가 거기서 자신의 소설을 낭독하고 있었다. 술병을 든 사람들이 텅 빈 테니스코트를 어슬렁거렸다. 늦은 밤, 늦은 밤.

*

금요일 저녁, 전철 바닥을 기어가는 토마스. 웃고 있다.

*

새벽녘, 텔레비전 타워가 올려다보이는 알렉산더 광장 뒷골목, 멋없이 펼쳐진 골목, 아무도 없다. K가 벤치에 앉아 담배를 만다. 우리는 브란덴부르크 문까지 걸어갈 계획이다. 문 닫힌 상점들을 지나 방향을 틀면 포석이 깔린 좁은 길이 나타난다. 폐장시간의 놀이공원 같은, 혹은 텅 빈 영화세트장 같은 고독한 아름다움이 거기 있다. 그곳을 빠져나오면 박물관섬이 나온다. 대로를 걸으며 무섭도록 튼튼해 보이는 여러 건물들, 변화가 한복판의 이치에 맞지 않는 폐허, 너무나도 진지한, 유머감각이 결여된, 그래서 웃기는 것들을 보면서 우리는 낄낄거린다. 슬그머니 모습을 드러낸 브란덴부르크 광장. 오직 몇몇 식당들만이 신기루처럼 따스한 조명을 받아 빛나고 있다. 하늘은 두터운 솜이불 같은 구름에 덮여 있고, 그 구름에 반사된 브란덴부르크문의 조명이 푸르스름하게 빛났다. 구름 사이로 움직이는 그 빛을 오랫동안 바라보았다.

*

나는 노이쾰른에서 지냈다. 거기는 2010년 베를린에서 가장 쿨한 동네였다. 그것은 이민자들과 하층민으로 구성된 평범한 슬럼가에 가난한 학생들과 예술가 지망생들이 꾸역꾸역 밀려들고 있었다는 얘기다. 한때 베를린에서 가장 쿨한 동네였던 프란츨러베르크는 권위주의적 동독 정부에 반발하는 지식인과 예술가들의 피난처로 명성이 높았지만 지금은 여피들의 소굴이 되었다. 프란츨러베르크의 바로 아래 붙어 있는 프리드리히스하인은, 되게 홍대 같다. 여행객으로 꽉 찬 중심가가 특히 그렇다. 프리드리히스하인의 남서쪽에 있는 크로이츠베르크에 대해서 나는 조금 안 좋은 기억을 가지고 있다. 왜냐하면 거기서 지냈을 때 이민자들에게 자잘한 괴롭힘을 당했기 때문이다. 사실 노이쾰른도 위험하지는 않지만 동네 중심가를 벗어나면 동양 여자한테는 기분 나쁠 일이 많았다. 하지만 조용하고 깨끗하고 안전하며, 잘 차려입은 업타운걸과 고급상점으로 가득한 서베를린에서라면 결코 경험할 수 없는 재미가 거기 있었고, 나는 그걸 선택했다.

*

베를린, 베를린, 베를린. 더없이 문화적인, 이 멋진, 현대, 유럽, 컨-

템 – 포 – 러 – 리, 도시, 베를린. 베를린…. 나는 맥이 빠졌고. 맥 빠진 표정으로 반지 호수에 둥둥 뜬 채 내 곁을 지나가는 멍한 표정의 오리들을 바라본다. 물이 얼음처럼 차다. 올해의 마지막 수영. 더위, 사라진 더위. 올해 가장 더웠던 베를린의 날. 그날도 나는 반지 호수에 있었다. 물이 뚝뚝 떨어지는 스커트를 걸친 채 에스반 전철에 올라타, 땀을 흘리며 2리터짜리 생수병을 가방에서 꺼내. 펼쳐진 흰 구름. 더위, 더위. 발을 도끼로 찍듯 한껏 달아올랐던 호숫가 모래사장. 그리고 다시. 오늘의 호수. 넓고 텅 비었으며, 오리는 없다. 사라졌다. 더위와 함께? 더위와 함께.

다시, 노이쾰른. 밤이 오면 날씨는 변심한 애인처럼 냉혹해진다. 이제 나는 두꺼운 점퍼를 입고 있고 토마스가 바닥에 누워 있다. 동네에 새로 생긴 갤러리. 브라질에서 온 잘생긴 예술가는 두 달 동안 이 쓰레기통 같은 방에 처박혀서 방에 가득 차 있던 쓰레기로 이 바보같이 커다란 종이 로봇을 만들었다. 세부사항들이 압도적인 이 바보 로봇을 제대로 보려면 오랜 시간을 들여서 구석구석 바닥을 기어 다녀야 한다. 나는 기어 다니는 대신 그걸 찍는다. 기어 다니는 토마스를 찍는다. 나는 여전히 맥이 빠졌고. 스마트폰 화면으로 들여다본 로봇은 화면 바깥에서보다 훨씬 멋있다. 그럴싸하다. 웃고 있는 로봇. 바보 같아. 저 얼빠진 팔을 좀 봐. 그걸 찍어. 어. 나는 그것을 페이스북에 올릴 것이고 트위터에 올릴 것이고 아마도, 누군가 좋아요 버튼을 누를

지도 모르고, 그러면,

*

마지막 날

*

쿤스트하우스 타켈레스

베를린의 유명한 예술가의 집. 관광명소. 사람 좋은 미소의 할머니 할아버지들이 와서 사진을 찍는다. 계단에서는 오줌냄새가 진동하고 지하에는 깨진 병이 뒹굴고 복도는 마리화나 냄새로 꽉 차 있다. 엽서를 파는 상점에서 너바나의 노래가 나온다. 뒷마당에는 얼기설기 지어진 비어가든과 갤러리가 있다. 경기도 일대의 무허가 비닐하우스촌 같은 풍경.

템포러리 뮤지엄

이름만큼이나 건물 안과 밖 모두 어디까지가 공사현장이고 어디까지가 전시 중인 건지 알 수 없다. 거대한 설치작품이 건물을 꽉 채우고 있고, 며칠 전에 본 얼간이 바보 로봇과 닮은, 그것을 배경으로 파티를 위한 디제이셋이 준비 중이다. 바닥에 누워 음악을 기다린다. 파티의 시작을 기다린다.

스프리강

지금으로부터 10년 전, 스프리강 보트투어에서 관광가이드는 자, 여기가 박물관섬입니다라고 말할 때와 정확히 같은 태도로 강가의 무단점거된 히피 · 예술가촌을 가리키며 자, 여기는 예술가들이 거주하는 일종의 대안공간입니다라고 말했다고 한다. 그러면 사람들은 그가 가리키는 곳을 바라보았고 거기에는 거지 행색의 히피 · 예술가들이 한 손에는 기타를 한 손에는 마리화나를 든 채로, 아직도 어젯밤의 약기운에 부드럽게 휩싸인 채, 몽롱한 얼굴로 관광객들이 탄 보트를 바라보고 있었으며 관광객들이 사진기를 들어 그 광경을 찍었다고 한다.

인천

태풍이 인천을 관통하던 바로 그 시간 내가 탄 비행기는 착륙을 시도했다. 갑자기 나는 공중으로 떠올랐고, 1초에서 3초 정도, 여자승객들의 하이톤 비명소리가 기내를 찢고 지나갔다. 창밖은 어둠뿐이었고 이따금 번개가 쳤다. 할리우드 재난 영화 속에 들어 있는 듯했다. 그 후 10분은 이번 여행 중 가장 스릴이 넘치는 시간이었다. 공항이 1,000미터 앞으로 다가왔음을 알리던 모니터 속 숫자가 갑자기 300킬로미터로 바뀌어 있었다. 지도에 인천 대신 오사카의 위치와 함께 일본어가 떴다.

오사카

공항에서 호텔로 가는 길, 왼편에는 끝없이 펼쳐진 바다와 공장, 오른편에는 도시가 펼쳐져 있었다. 공장의 풍경은 몇몇 일본산 애니메이션을 떠오르게 했다. 도착한 호텔의 로비에는 부자 젊은이들이 서성이고 있었다. 남자들은 최신 유행의 일상복을, 여자들은 보석이 잔뜩 박힌 드레스를 입고 있었다. 라운지 바의 창밖으로 옥외수영장, 바다, 거대한 유조선이 동시에 내려다보였다. 그것은 돈을 주고 살 수 있는 가장 멋진 풍경 중 하나였다. 아름다웠다. 나는 베를린에서, 아주 먼 곳에 왔음을 깨달았다.

공항

모든 것이 반쯤 잠들어 있고 또 반쯤 깨어 있는 새벽의 공항은 불면증 환자의 내면세계를 부드럽게 형상화한 것만 같다. 여기저기 잠든 사람들, 노트북에 머리를 박고 있는 남자. 화장실 청소부는 청소도구함 앞에 선 채 뭔가를 먹고 마시며 흐느껴 울었고, 나는 그녀의 혼자만의 시간을 방해하면 안 된다는 생각에 서둘러 양치질을 끝냈다.

그리고 베를린, 다시,

공항행 버스를 기다리며 나는 다리 너머에 있는 반쯤 무너진 탑을 바라보고 있었다. 그것은 아름다웠다. 문득 나는 내가 미술관에서 조각상을 바라보듯 그 탑을 바라보고 있다는 것을 깨달았다. 버스를 기다리는 짧은 시간 동안, 나는 내게 달라붙어 있는 빌어먹게 탐미주의적인 태도를 버리고 내 눈앞에 있는, 내 앞에 놓인, 그 탑을 온전히 있는 그대로, 보이는 바로 그와 같이, 시각정보를 처리하는 기계와 같이 바라보기 위해 노력했다. 하지만 시간이 부족했고, 내 정신은 기계가 아니었고, 무엇보다 나는 '있는 그대로'라는 구절이 무엇을 뜻하는지 전혀 알 수가 없었다. 그래서 그 탑은 아름다웠고, 계속해서, 끝까지, 내가 있는 그 도시처럼, 내가 도망치듯 떠나는 바로 그 도시처럼, 계속해서, 나는 끝내 그것을 견딜 수가 없었다.

NEW YORK 12'

뉴욕

12.

오늘의 뉴스

미국엔 왜 오셨죠?

글 쓰려구요. 소설이요. 첫 번째 챕터 배경이 뉴욕이거든요.

오, 소설가?

네.

멋지네요. 미국엔 얼마나 있을 건가요?

세 달이요.

계속 뉴욕에서 지낼 건가요?

아뇨. 두 달쯤 지내다가 서부로 가요. 여행 책도 하나 써야 되거든요.

오, 그럼 지금 우리가 나누는 대화도 책에 들어가나요?

나는 그를 보았다. 그가 장난스러운 미소를 짓고 있었다.

어쩌면?

그가 여권에 스탬프를 찍었다. Thanks, bye. and 도착.

드디어.

짐을 찾아 게이트를 나섰다. 공항은 시끄러웠다. 사람들이 중국어로 말하고 있었다. 그것은 물론 환청이다. 멀리서 한 남자가 다가왔다. 택시 타실 건가요? 난 멍하니 그를 바라보다가 예스, 고개를 끄덕였다. 따라오세요. 나는 곧 내가 실수를 저질렀다는 사실을 깨달았다. 그러나 뭔가에 홀린 사람처럼 그를 따랐다. 그는 아주 빨리 걸었다. 우리는 빠르게, 공항 건물을 벗어났다. 그가 멈춘 곳은 주차장이었다. 잠깐만 기다려요. 택시가 올 거예요. 이건 뭔가 잘못됐어, 넌 그 택시에 타면 안 돼. 하지만 한발자국도 움직일 수가 없었다. 곧 택시가 도착했다. 그리고 그건 예상대로 택시가 아니었다. 당장 폐차장으로 들어가야 할 것 같은 아이보리색 자동차 한 대가 내 앞에 서 있었다. 나는 남자를 봤다.

자, 어서 타요. 남자가 손짓했다.
이건 택시가 아닌 거 같은데요.
나는 가까스로 말을 뱉어냈다.

미안.

그리고 서둘러 공항을 향해 되돌아가기 시작했다. 남자가 외쳤다. 헤이, 기다려요! 이거 택시 맞아요! 이거 불법 아니에요! 내 친구가 공항에서 일하고 있다구! 나는 대답 없이 달리듯 공항으로 되돌아갔다. 그제야 공항 건물 앞에 죽 늘어선 노란 택시들이 눈에 들어왔다. 한 여자가 나에게 종이를 한 장 쥐여주며 물었다. 어디로 가세요? 브루클린, 윌리엄스버그요.

그게 집시택시라는 거야.

곤잘레스가 내 침대에 새 시트를 씌우며 말했다. 곤잘레스는 내 하우스메이트다. 짐가방을 여는데 샘이 방으로 들어왔다. 그녀도 내 하우스메이트다. 자, 같은 여자로서 냉정하게 내 옷차림을 평가해줘. 그녀가 진지한 표정으로 물었다. 어때, 괜찮아?

나는 그녀를 봤다. 그녀는 검은색 기본 재킷에, 티셔츠와 청바지를 입고 있었다. 음, 평범한데. 나는 속으로 생각했다.

어디 가는데?

영화 보러. 데이트.

음…, 영화라면 나쁘지 않을 거 같아. 근데 이 근처에 뭐 먹을 만한 데 없어?

많지, 많아. 이 근처에 괜찮은 데 아주 많아. 그녀가 말했다. 뭐 먹고 싶은데?

음. 태국? 일본?

그럼 보주에 가. 거기 맛있어, 그렇지 곤잘레스?

곤잘레스는 바빴다. 내 침대에 새 시트를 씌워야 하고 세탁소에 가야 하고 그러고 나서 갤러리 관계자들을 만나러 맨해튼에 가야 한다. 그리고 나는 배가 고팠다. 배가 너무 고파서, 아무 생각도 나지가 않았다. 샘이 보주에 가는 길을 설명하기 시작했다. 자, 우리가 있는 곳이 사우스 퍼스트야. 여기가 로블링이고, 코너를 돌면 그랜드가 나와. 그리고…

10분 뒤 나는 보주에 있고, 내가 지금 주말의 이태원 한복판에 있다는 느낌을 떨쳐버리기가 힘들다. 앞에는 두부아보카도샐러드가 놓여 있다. 작은 큐브 모양으로 썰린 두부가 피라미드 형태로 쌓여 있고, 얇게 썬 아보카도가 그것을 둘러싸고 있다. 나는 소스를 붓고 두부를 1개 집어 입에 넣는다. 평범한 맛이다.

내 앞에 있는 일본인 요리사는 평온한 표정으로 초밥을 말고 있었다. 내 옆에는 정장을 입은 중년의 일본인이 사케를 홀짝이고 있었다. 그리고 저 멀리, 가게 안쪽에서 잘 차려입은 백인 남녀가 젓가락질을 하며 대화했다. 그리고 그것은 중국어였다. 혹시 진짜 중국어가 아닐까? 저들은 중국인이 아닐까? 도대체 여긴 왜 이렇게 중국인들이 많은가?

물론 그것은 환청이다. 나는 내 중국 환청을 몰아내기 위해 미국에 대해서 생각하기 시작했다. 어, 여기는 미국이니까, 어쨌든. 미국, 그 중에서도 뉴욕, 윌리엄스버그 한복판. 그중에서도, 폴스미스와 일식집과 프레드 페리의 거리에 있는 것이다. 내가 지내게 된 방은 생각보다 크다. 곤잘레스의 칠흑같이 검은 머리와 뺨까지 내려온 다크서클 그리고 샘의 너무나도 요즘 뉴욕 여자 같은 영어가 뒤엉켜 머릿속에서 떠올랐다가 다시 가라앉는다. 그리고 다시 들려오는 중국어.

어쨌든 생각해보자 미국을. 여긴 미국이니까. 그래,
내가 공항에 도착하자마자 느꼈던 것은,

물론 미국.

특유의 자신감에 찬 얼굴들.

안전. 비행기를 빠져나올 때 처음 본 것. 벽면을 가득 채운 단어.

대기실을 빼곡히 메우고 있던 UBS의 모토. 우리는 절대 쉬지 않습니다.

텔레비전에서는 북한에 관한 뉴스가 흘러나오고 있었다.

아, 미국.

유럽의 공항들에서는 효모 냄새가 난다. 상하이 공항에서는 기름 냄새가 났다. 여름의 인천 공항에서는 식초 냄새가 난다. 그리고 JFK에서는 페브리즈 냄새가 났다. 그것은 택시에서도, 그리고 내가 묵게 될 방에서도, 타월에서도, 욕실에서도 났다. 아 아 그게 미국인가. 그럴지도 모른다. 나는 페브리즈 냄새의 나라로 온 것이다. 상쾌하고 은은한 인공향의 나라. 프랑스의 한 저명한 학자에 따르면 여기는 가상의 나라이다. 우리가 동경하는 모든 가상들의 원산지이며, 그것의 핵심이고, 그것의 실체다. 하여 도대체 어디까지가 가상이고 어디까지가 현실인지 알 수 없으며 그리고 솔직히, 나는 그것에 익숙하다. 나는 미국식으로 교육된 세대다. 이를테면, 아이폰 같은 거라고 할 수 있다.

Designed in (great great) USA

Made (unfortunately) in Korea[6)]

미국이 만들고, 우리는 따른다.

돌아오는 길 들른 슈퍼마켓에서는 이태원의 카페들에서 자주 흘러나오는 바로 그 라디오가 흘러나왔다. 나는 여전히 내가 어디에 있는지 약간 헷갈리는 상태로 지나가는 모든 사람들을 바구니로 치고 지나가도 상관없을 것이라고 생각한다. 그것만 제외하면 모든 게 익숙하다. 마치 퍼즐을 맞추듯이, 물에 녹는 발포 비타민C처럼, 나는 신속하게 새로운 환경 속으로 녹아든다. 놀랍지 않다. 여기는 뉴욕이니까. 국제표준도시. 페브리즈와 UBS, 그리고 스시의 도시. 텔레비전 속의 북한, 그리고 이어지는 올림픽 출전자들의 플라스틱 미소…. 어, 여기는 미국이다. 중국이 아니다.

*

그러나 여전히 나는 내가 어디에 있는지 모르겠다. 눈을 뜨면 창밖에서 중국어 대화가 들려온다. 가만히 들으면 한국어 같기도 하다. 그

6) 아이폰 뒷면에는 이렇게 쓰여 있다. designed by Apple in California. made in China.

럴 리가 없다. 자야 한다.

*

나는 잠드는 대신 아이폰을 켠다.

*

뉴욕에 오는 길 들른 상하이는 10년 전쯤의 한국을 떠오르게 했다. 사람들은 덜 위축되어 있고 풍요로워 보였다. 발전 중인 나라가 가진 표식들, 관리 안 됨의 증거들이 도처에 널려 있었다. 그리고 나는 그게 무섭다. 나는 잘 관리된 한국 중산층 세계에 익숙해져 있다. 새로 개통한 서울의 분당선 지하철 같은.

상하이에서 묵은 호텔 건너편에는 커다란 쇼핑몰이 있었다. 쇼핑몰 전면의 대형 전광판 속에 샤이니가 비치고 있었다. 쇼핑몰 건너 낡은 거리에는 할 일 없는 사람들이 잠든 개처럼 늘어져 있었다. 그리고… 넓다. 지나치게 넓고, 그 너머로도 얼마든지 펼쳐져 있다.

비가 내리기 시작했다.

퇴근시간, 거리의 노동자들은 우산 속에서 싱글거리며 웃었다. 나는 D와 함께 저녁을 먹으러 근처 식당으로 향하고 있었다. 나는 D를 오늘 호텔에서 처음 만났다. 그는 큐빅이 박힌 화려한 시계를 차고, 나이키를 입고, 아베크롬비 앤 피치의 모자를 쓰고 삼성 핸드폰을 갖고 있었다. 그는 LA에서 한국으로 돌아가는 길이라고 했다. 그는 중국을 싫어했다. 왜냐하면 아무것도 믿을 수가 없기 때문이다. 나는 내색하지 않지만 마찬가지다. 나는 주문한 생수를 한 모금도 마시지 않았다. 주문한 밥을 먹는 시늉만 한 채 고스란히 남겼다.

우리는 슈퍼마켓에서 들러 미국 상표의 생수와 음료수를 샀다.

이게 나의 상하이에서의 하루. 떠올린다. 더 이상 떠올리지 않기 위해서. 모든 것을 가능한 한 빨리 머릿속에서 몰아내기 위해서. 물론 나는 중국에 아무 유감이 없다. 단지 더 이상 중국어를 듣고 싶지 않다. 지나가는 저 금발머리의 백인 여자가 중국어로 지껄이는 것을 그만 듣고 싶다.

*

다음 날 J가 동네로 놀러왔다. 마지막으로 서울에서 보고, 1년 만이다. 점심을 먹고 커피를 마시고 공원을 산책했다. 이런저런 이야기를 나누었으나 사실 전혀 집중을 할 수가 없었다. 막힌 하수구처럼 생각이 멈춰 있다. 거의 한 달 전부터 이런 상태다. 기다리는 수밖에. 방법은 그것뿐이다. 하지만 할 일이 많다. 너무 많은 짐을 안고 왔다는 생각이 든다. 제일 큰 것은 생각이다. 생각들, 너무 많은 생각들이 생각되지 않은 채로 머릿속에 쌓여 있다. 그저 차곡차곡. 그러니 생각. 정보의 입수가 아닌 정보의 처리. 재입력. 정보의 수정. 정보의 재처리의 처리의 재처리의 처리의, 뭐 그딴 것을 하지 않고는 한 발자국도 나아갈 수가 없다. 나는 그런 인간이다. 그런데 그 모든 것을 여기서 해결할 수 있다고 생각하나? 너무 욕심을 부린 것은 아닌지. 마치 한꺼번에 버리자며 가득 모아놓은 쓰레기에 깔려 죽어가는 듯한 느낌. 바보 같다.

*

곤잘레스와 점심을 먹었다. 그는 텍사스 출신의 화가로, 원래 학부에서 물리학을 전공했고 의대에 가려다 진로를 바꾸었다. 모마에서도 그의 작품을 하나 갖고 있을 정도로 나름 잘나가는 작가다. 어린 시절 미국 대통령들의 위인전을 탐독하고, 텍사스에 집을 한 채 사두었다는 이 건실한 미국예술가는 작업에 접근하는 태도 또한 지극히 미국적이다. 그의 작품활동은 마지막 한 조각까지 돈으로 환산되고, 그는 이 투명한 자본주의 시스템의 성과주의를, 자신의 노력이 정당한 대가로 이어지는 이 뉴욕 미술계의 건강함을 믿는다. I fight for every penny. 오리고기 샐러드를 입에 쑤셔 넣으며, 곤잘레스가 진지한 표정으로 말했다. 그의 확신 앞에서, 나의 회의주의는 힘을 잃는다. 의심이 들어설 자리가 없는 이 건강함이 약간은 피곤하다.

*

맨해튼에 갔다. 5년 만이다. 맨해튼은 맨해튼이다. 잘 차려입은 여자들이 휙휙 스쳐지나가고 한국말이 들려오고 지하철의 젊은이들은 핸드폰에서 눈을 떼지 못한다. 슈퍼마켓에 들려 먹을 것을 이것저것 샀다. 거리로 나서자 날이 싸늘해져 있었다.

*

그리고 다시, 화창한 일요일, 정오, 동네 카페, 근사한 맛의 커피를 앞에 두고 제정신이 돌아왔다. 일단 중국어가 사라졌다. 나의 중국날은 4일에서 5일 정도 지속되었다. 나는 공책을 펴고 생각나는 말을 죄다 적기 시작했다. 윌리엄스버그. 인디음악의 유통장소로서의 카페. 계급투쟁의 포기(여기에 별표를 3개 그려놓았다). 언제 시작할 것인가? 당분간 커피 마시지 말 것. 유럽의 공공미술. 커피숍 인테리어 최신 트랜드 – 공장. 맥캐런 공원…. 저녁에 뭐 먹지? 카페인(여기도 별표 3개). 화요일. 수요일. 할 일이 많다. 금요일. 나는 지금 여기서 뭘 하고 있나?

*

샘과 센트럴파크에 갔다. 베이글을 먹고, 식기세척기를 돌리고, 옥상에 올라가 하늘을 보고, 길고 느리게 목욕을 하고 슈퍼마켓에 다녀오는 동안 샘은 여전히 준비 중이었다. 그녀는 전형적인 뉴욕 여자다. 금융계와 패션계에서 일했고 앞으로 미술계에서 일하고 싶어 하며 남자친구는 월스트리트에 있는 한 호텔에 산다. 그녀는 얼마 전 패션잡지사를 나와서 다음 일자리를 찾고 있다. 한마디로 놀고 있다. 앞으로 뭘 하지? 이제 뭘 하지? 갤러리에서 일하고 싶어. 패션계는 사람들은 너무 멍청해. 정말이야. 예술계 사람들은 다르단 말이에요. 방문 너머로 들려오는 건 샘과 그녀 아버지와의 전화 통화. 그녀는 비콘스 클로짓에서 프라다 신발을 30달러에 낚는 취미가 있다. 그녀의 전 남자친구는 알코올중독에 폭력적이었다. 그녀가 살던 브루클린 집은 작년에 내린 큰비로 물에 잠겨버렸다. 그녀는 늦은 밤 어두운 부엌에 앉아 캘리포니아의 부유한 유부녀들이 나오는 리얼리티 쇼를 보며 중얼거린다. 늙어서 저렇게 되면 안 될 텐데!

다시 센트럴파크. 샘이 잔디 위에 타월을 펼쳐놓았다. 그 위는 곧 잠바 주스의 스무디, 미네랄워터, 미니홍당무, 마늘맛 허머스 따위로 채워졌고, 우리는 그 주위에 둥글게 둘러앉았다. 샘과 샘의 친구, 그리고 나는 홍당무를 허머스에 찍어 먹으며 샘의 친구가 가져온 별자리애정궁합 책을 들여다보기 시작했다. 넌 별자리가 뭐야? 나랑 전갈자리는 맞지가 않나? 오, 나도 쌍둥이 자린데. 우리 옆자리 남자가 데려온 게으른 개가 공원을 떠나는 남자를 따라가기를 거부하고 30분째 움직이지 않고 있었다. 남자는 걷다 멈추었다 다시 걷다 뒤돌아보며 계속해서 개를 불렀다. 하지만 개는 여전히 거기에 있었다. 남자가 거의 보이지 않을 정도로 멀어진 뒤에야 어쩔 수 없다는 듯 일어나 움직이기 시작했다.

돌아오는 길, 여전히 낮의 열기가 식지 않은 휴스턴 밤거리를 가로지르며 새삼 뉴욕이라는 도시가 신기하게 느껴졌다. 이 도시에는 온갖 종류의 사람들이 모여 있고 그들은 하나같이 제멋대로 살아가고 있는 듯 보이는데도 모든 것이 제대로 돌아가고 있다. 한마디로 체계가 잡혀 있다. 다시 말해 이 도시에서는 누구에게나 각자에 맞는 역할이 주어진다. 아무도 버려지거나 낭비되지 않는다. 물론 어느 도시에나 부자와 거지가, 건달과 아가씨가, 고상한 노인과 버릇없는 10대가 있다.

하지만 이 도시의 독특한 점은 저 모든 존재들에게 똑같은 절박함으로 난 네가 필요해, 외치고 있는 듯 느껴진다는 점이다. 실제로 이 도시는 그 모두가 필요하다. 오래된 부자가 필요한 만큼 월스트리트의 졸부가 필요하고 또 라틴계 이민자가, 동양에서 온 예술가가, 부동산업자와 동양에서 온 쇼핑객과 가난한 유학생과 또 마약중독자가 필요하다. 중요한 점은 그 모두가 똑같이 필요하다는 것이다. 그래서인지 몰라도, 아이러니하게도, 이 순수에 가까운 자본주의의 도시에서 모두가 평등한 듯 느껴진다. 에르메스를 든 비즈니스우먼과 홈리스가 같은 돈을 내고 지하철에 올라타듯이. 혹은 하우스메이트를 구하는 광고와 SM 파트너, 그리고 (건강한) 코카인중독자를 구하는 광고가 사이좋게 어울리는 〈빌리지 보이스〉의 광고면처럼.

그렇다, 여기는 진정한 개인들의 도시. 그 모든 다양한 개인들이 이 도시에게는 필요하다. 하나라도 빠진다면 이 도시는 빛을 잃고, 멈추어버릴 것이다. 그리고 정지는 죽음이다. 하지만 다행히도 지금 이 순간, 수십 개의 톱니바퀴가 정교하게 맞물려 돌아가듯 돌아가고 있고 이 도시에서, 그것이 지금 내 눈앞에 펼쳐진, 내가 아는 뉴욕이다. 부자도 거지도 거대한 톱니바퀴 속 하나의 톱니일 뿐인 도시. 아니, 그런 환상으로 사람들을 유혹하는 도시. 모두가 양손에 커다란 짐을 들고 전방을 주시하며 목적지를 향해 서둘러 발걸음을 옮긴다. 그것이 뉴욕이 그녀의 자식들에게 부여한 사명이므로. 그들은, 나를 포함해, 최선을 다해 그 사명을 완수해낼 것이다.

*

어둠이 밀려드는 시간 링컨 센터를 향해 걸으며 5년 전 이곳에서의 여름의 기억들과 지금 여기 여름의 냄새가 하나로 겹쳐졌다. 바람과 늦은 해, 커피와 차가운 음악. 집으로 돌아와 5년 전에 쓴 일기를 읽었다. 같은 불안, 같은 의문. 글을 쓰기 시작했다.

*

브루클린에서 열린 언사운드 페스티벌에 갔다. 공연이 거의 끝날 때쯤 멍하니 디제이 뒤로 펼쳐진 이미지들을 바라보고 있자니 옆에 서 있던 남자애가 말을 걸어왔다.

좀 지겹지 않니?
독일 거잖아.

심드렁한 내 말에 그가 지나치게 크게 웃음을 터뜨려서 나는 조금

부끄러워졌다. 곧 공연이 끝났고, 우리는 함께 거리로 나섰다. 창백한 아침 햇살이 텅 빈 브루클린 거리를 비추고 있었다. 우리는 허기를 때울 식당을 찾아 맥캐런 공원 근처를 빙글빙글 돌기 시작했다. 그는 언사운드 페스티벌을 보러 텍사스에서 뉴욕까지 왔다고 했다. 나보다 몇 살쯤 어린 그는 막 대학을 졸업했고, 보스턴에 있는 한 대학원에서 정치철학 전공으로 입학허가를 받아놓은 참이었다. 우리는 오바마와 월가 점거시위와 힙스터와 뉴욕을 가리지 않고 욕하며 거리를 빙빙 돌다가 결국 마땅한 식당을 찾아내지 못하고 내일의 언사운드 페스티벌 공연에서 만나기로 하고 헤어졌다.

*

다음 날 늦은 오후, 잠에서 깨면 아무도 없다. 나는 텅 빈 집을 유령처럼 배회하며 마지막 남은 베이글을 뜯어먹는다. 책을 들고 옥상에 오르면 역시 아무도 없다. 텅 빈 나무 테이블에 드러누워 눈을 감는다. 햇살, 오직 햇살. 이 근사한, 고독. 이 모든 것이 혼자 있음에 의해서 가능하다. 혼자 있고 싶지 않을 때, 나는 그 마음을 지울 10가지가 넘는 방법을 알고 있다.

가장 좋은 방법은 글을 쓰는 것이다.

나의 20대가 이렇게 지나간다.

*

오늘의 뉴스.

아랍세계.

긴축재정.

마리화나.

disaster, everywhere

CKY BRAND JEANS

13.
빈대

그러니까 4월의 마지막 주를 나는 혼자서 보냈다. 곤잘레스는 전시회 일정으로 푸에르토리코로 떠났고, 곧 샘이 여행에 합류했다. 나는 누구도 만나지 않은 채로, 집에 틀어박혀 소설의 첫 번째 장을 썼다. 소설 속과 달리 현실의 날씨는 내내 흐리고 추웠다. 참다못해 근처 헌옷가게에 가서 두꺼운 스웨터를 한 장 샀다. 집으로 돌아와 스웨터를 껴입고 침대로 기어들어갔다. 그날 밤이었다. 침대에서 그것을 발견한 것은.

나는 불을 끄고 침대에 누운 다음 습관처럼 아이폰을 집어들었다. 그리고 아이폰 화면을 들여다보는데, 시야의 경계에서 뭔가 꾸물거리는 게 보였다. 나는 깜짝 놀라 아이폰을 떨어뜨렸다. 비명은 그 다음이었다. 나는 떨리는 손으로 다시 아이폰을 집어들고, 전원 버튼을 눌러 화면의 빛으로 침대 위를 비추었다. 거기 그게 있었다. 작고, 느릿느릿 기어가는 검붉은 색깔의 그것. 벌레.

나는 비명을 지르며 침대에서 뛰쳐나왔다. 그때 나는 이미 반쯤 정신이 나가 있었다(나는 벌레를 세상에서 제일 무서워한다). 벽을 더듬어 전등 스위치를 올렸다. 그리고 다시 침대를 향해 다가갔을 때, 그것이 여전히 거기에 있었다. 생전 처음 보는 작은 벌레가 어처구니없을 정도로 느긋한 속도로 내 베개를 향해 기어가고 있었다. 나는 비명을 지르며 휴지 뭉치를 들고 벌레를 향해 다가갔다. 온 힘을 다해 꾹 누른 다음 휴지를 뒤집어보니 몸의 절반이 터진 벌레가 달라붙어 있었다. 으악. 나는 휴지를 집어 던지고 소파 쪽으로 도망쳤다. 그리고 한동안 얼이 빠진 채로 앉아 있었다. 난 생각했다. 저것은 무엇인가. 바퀴벌레는 아니다. 확실히 아니다. 개미도 거미도 아니다. 왜 내 침대에 나타났는가. 도대체 저게 뭔가. 그리고 그때 갑자기 한 단어가 떠올랐다.

BEDBUGS

어, 빈대.

나는 컴퓨터를 열고 구글로 빈대를 검색했다. 곧, 온갖 혐오스러운 이미지가 화면 가득 떴다. 나는 내가 집어 던진 휴지를 다시 집어들고, 화면에 뜬 벌레와 휴지에 달라붙은 죽은 벌레의 공통점을 찾기 시작했다. 다행히도 혹은 불행히도, 휴지 위에 달라붙은 그 정체불명의 벌레는 구글 이미지에 뜬 벌레와 같았다. 커다란 망치로 머리를 얻어맞은 느낌이었다. 빈대라니. 나는 미친 듯이 빈대와 관련된 정보들을 찾기 시작했다. 우습게도 내가 영어로 빈대를 쳤을 때 가장 첫 번째로 뜬 정보는, 뉴욕시가 만든 빈대에 관한 한국어로 된 웹페이지였다. 그렇다. 들은 기억이 났다. 뉴욕과 기타 서구의 대도시들에 빈대가 창궐하고 있다는 소식을. 한국의 오래된 속담에서나 들어본 그 전설의 벌레를 나는 현실에서 맞닥뜨린 것이다. 그리고 곧 나는 그 유명하고 오래된 속담, 빈대 잡으려다 초가삼간 태운다는 말이 비유가 아니라 사실이라는 것을 깨닫게 되었다.

몇 시간 뒤, 검색을 거듭한 끝에 나는 빈대전문가가 되었다. 아니, 적어도 그런 느낌을 받았다. 나는 깨달았다. 왜 최근 들어서 내가 자꾸 모기에 물리는지. 그건 모기가 아니라 빈대였다. 나는 절망했다. 빈대에 대해서 더 많은 것을 알게 될수록 절망은 더욱 커졌다. 빈대는 굉장히 퇴치하기 어려운 존재였다. 차라리 바퀴벌레가 낫겠다는 생각이 들 정도였다. 모든 정보를 종합해보면, 빈대를 퇴치하는 가장 좋은 방법은 높은 열을 가하는 것이다. 다시 말해, 빈대를 잡는 가장 확실한 방법은 집을 불태우는 것이다.

*

아침이 왔고, 나는 뉴욕시의 한국어로 된 빈대퇴치 매뉴얼에 따라 침대를 뒤지기 시작했다. 그리고 빈대퇴치 매뉴얼의 예언대로 침대 솔기에 검붉은 색의 작은 벌레들이 납작하게 엎드리고 있는 것을 발견했다. 휴지를 뜯어 벌레들을 죽이며 나는 울음을 터뜨렸다. 대체 왜? 대체 왜 나에게 이런 고난이 닥치는가. 내가 무슨 큰 죄를 저질렀기에? 박멸되지 않은 빈대들이 영원히 내 남은 생을 쫓아올 거라는 생각이 들었다. 나는 이 빈대들에게서 벗어나지 못할 것이다. 나는 가엾은 숙주가 되어 가는 곳마다 빈대를 옮기는 더러운 신세가 될 것이다. 그게 내 운명이다. 나는 완전히 절망한 채 곤잘레스에게 전화를 걸었다. 그의 목소리는 아주 유쾌했다. 그 유쾌함에 찬물을 끼얹을 생각을 하자 너무나도 미안했다. 하지만 어쩌겠는가?

침대에서 빈대가 나왔어.

뭐라고?

빈대. 빈대가 나왔다고.

잠깐만, 잘 안 들려. 밖으로 나가야겠어. 아, 이제 됐어, 뭐라고? 다시 말해봐.

내 침대에서 빈대가 나왔다고!

그리고 3초간 그는 말이 없었다. 뭐? 빈대? 그의 목소리에서 느껴지는 것은 초딩적인 당황이었다. 나는 그가 빈대에 대해서 아는 게 아무것도 없다는 것을 직감했다.

절망에 빠진 그를 푸에르토리코에 내버려두고 전화를 끊은 채, 나는 다시 뉴욕시의 빈대퇴치 가이드의 지시사항을 따르기 시작했다. 그것은 간단했다. 나는 내가 가진 천 소재로 된 모든 것을 세탁하여 30분간 고온건조시켜야 한다. 다행히 방은 단출했고, 나는 여행 중이라 짐도 많지 않았다. 그리고 구글에서 본 끔찍한 사진들에 비하면 내 침대는 굉장히 양호한 상태였다. 난 단지 궁금했다. 대체 이 벌레들이 어디에서 온 것인가? 왜 갑자기 나타난 것인가? 아무리 생각해도 내가 한국에서 빈대를 가지고 왔을 리는 없다. 한편 내가 지내던 그 집은 비싼 만큼 대단히 청결했다. 어떤 벌레나 쥐의 흔적도 찾을 수가 없었다.

그렇다면 대체 어디서? 왜? 나는 추측에 추측을 거듭하며 내 방에 있는 모든 옷가지와 침대시트, 커튼 따위를 모아서 빨래방으로 향했다. 빨래를 끝내는 데 꼬박 하루가 걸렸다. 마지막 빨래를 빨래방 건조기에 넣어두고 근처 중국 식당에서 저녁을 먹었다. 그리고 다시 빨래방으로 돌아와 건조기에서 빨래를 꺼내 아파트로 돌아온 나는 현관문 앞에서 열쇠를 찾아 가방을 뒤지다 깨달았다. 열쇠를 부엌 탁자에 놓고 나왔다.

I am locked out.

어, 그러네. 열쇠를 가진 내 하우스메이트들은 푸에르토리코에 있다. 그들은 다음 주에 돌아온다. 그렇다, 그렇다. 그때쯤 나는 더 이상 어떤 절망도 느낄 수 없었다. 차라리 웃긴다는 생각이 들기 시작했다.

나는 몇 분가량 멍한 상태로 닫힌 현관문을 응시하며 서 있었다. 그러나 문득, 아래층 벨을 누르면 건물 안으로 들어설 수 있다는 생각이 떠올랐다. 열쇠를 집에 놓고 나왔어요. 나는 빨래자루를 질질 끌며, 문을 열러 나온 아래층 여자에게 설명했다. 그런데 집에 사람이 없어요. 곤잘레스랑 샘이랑 푸에르토리코에 가 있는데 내일모레 돌아와요. 나는 멍한 표정으로 아무 감정도 없이 주절거렸다. 여자가 걱정스러운 표정을 지었다. 괜찮아요, 친구네 집에 가서 자면 돼요. 고마워요.

나는 빨래주머니를 문 앞에 놓고, 계단에 걸터앉았다. 싱크대에 쌓아둔 접시 몇 개가 생각났다. 문이 잠긴 이틀간 아무 방해도 받지 않은 빈대들이 싱크대와 내 침대에 창궐하는 장면이 머릿속에 떠올랐다. 하지만 어쩌겠는가. 빈대에 팔과 다리를 공격당하고, 커다란 빨래주머니 하나와 함께 집에서 쫓겨난 신세에 더 이상의 걱정은 부질없게 느껴졌다. 나는 곤잘레스에게 다시 전화를 걸었다. 집 문이 잠겼어. 열쇠를 놓고 나왔어. 하지만 괜찮아. 친구네 가서 자면 돼. 전화를 끊고, 나는 헨리에게 전화를 걸었다. 5년 전 뉴욕에 왔을 때 집을 빌렸던 헨리와 나는 그 뒤에도 가끔 메일을 주고받았다. 그러다 2년 전쯤 소식이 끊겼는데 이번에 뉴욕에 오면서 메일을 보냈더니 바로 답이 왔다. 마침 내가 지내는 집 바로 옆 블록에 방을 하나 얻어두고 가끔 와서 지낸다고 했다. 반복되는 우연에 신기해하면서 핸드폰 번호를 주고받은 것이 바로 지난주였다. 나는 그가 알려준 번호로 전화를 걸었다. 반가워하는 헨리에게 5년 만에 처음으로 내가 건넨 말은 하룻밤만 재워달라는 거였다.

*

늦은 밤, 탁구장만이 환하게 불을 켜고 있는 텅 빈 로블링거리에서 5년 만에 헨리를 만났다. 짧은 커트머리에 제대로 된 옷을 입고 있는 그는 5년 전보다 훨씬 어려 보였다. 우리는 짧은 안부를 나누고 바로 그의 집으로 들어갔다. 철창으로 된 대문을 열고 들어서자 그래피티로 가득한 오래된 건물이 나왔다. 미로 같은 복도와 몇 개의 문을 지나 집에 들어선 순간 나는 생각했다. 이 남자가 의류사업을 새로 시작했나? 창문도 없고, 복도처럼 좁은 그 공간은 여자의 옷가지들과 신발들로 발 디딜 틈 없이 빼곡하게 채워져 있었던 것이다. 하지만 찬찬히 공간을 살펴보던 나는 그게 의류사업가의 창고가 아니라 심각하게 정리가 안 된 여자의 방이라는 것을 깨달았다. 헨리가 태연하게 방을 가로질러 책장 뒤에 난 문을 열었다. 거기 침대가 있었다. 커다란 스피커 몇 대와 함께.

그러니까 엄밀히 말해 거기는 헨리의 집이 아니었다. 로워이스트사이드의 집이 팔리고 나서 거기 있던 짐들을 보관하려고 한 여자의 집에 있는 창고 같은 방 하나를 빌려놓은 것이다. 실제로 헨리는 가족과 미드타운에서 살고 있었다. 약혼녀와 결혼을 했고 아이도 낳았다고 했다. 그가 핸드폰을 열어 아이의 사진을 보여주었다. 몹시 귀여웠다. 그가 싱글거리며 침대를 가리키며 여기서 자면 된다고 했다. 그리고 구석에 놓인 럼주를 한 모금 마신 다음 주섬주섬 짐을 챙기기 시작했다.

어딜 가니?

배드포드에 있는 아이리쉬펍에서 디제잉을 하기로 했거든. 너도 올래?

음….

그리고 나 내일 여기서 이사 나가.

뭐? 내일? 이사를 간다고?

응, 아침에 트럭이 와서 스피커랑 침대랑 빼가지고 갈 거야. 내일도 잘 데 없으면 연락해. 미드타운에 있는 집에서 재워줄게. 거기는 여기랑 완전히 다르니까. 여기보다 편할 거야. 근데 이따가 진짜 안 올래? 재밌을 텐데.

나는 고개를 저었다. 방금 빨래방에서 뛰쳐나온 후줄근한 차림으로 주말 밤 윌리엄스버그 한복판의 바에 간다는 것은 아무리 생각해도 좋지 않은 생각 같았다.

그래, 아쉽네. 무슨 일 생기면 연락해.

헨리가 떠나고 나는 곧 잠에 들었다. 집 주인 여자는 보이지 않았다. 다음 날 아침 샤워를 하는데 정말로 이삿짐센터 사람들이 들이닥쳤다. 나는 서둘러 샤워를 끝내고 집을 나섰다. 아무런 계획도 목적지도 없이.

재밌는 건, 마치 이런 상황을 예상이라도 했다는 듯 내가 임시적 노숙자 생활에 필요한 모든 것을 갖추고 있었다는 것이다. 그것은 마지막으로 세탁한 것이 커튼, 가을점퍼, 그리고 티셔츠 몇 장이었기 때문이었다. 전날 밤 나는 커튼을 아파트 복도에 내려놓고, 백팩에 티셔츠를 쑤셔 넣고, 가을점퍼를 껴입은 채로 아파트를 빠져나왔다. 심지어 아이폰과 현금카드까지 있었다. 그것들이 없었다면 나는 어떻게 그 이틀을 버텼을까? 모르겠다. 아무튼 헨리의 집에서 나온 나는 근처의 현금인출기에서 돈을 뽑아 배드포드 거리로 향하며 묘한 흥분에 사로잡혔다. 내가 처한 상황을 일종의 서바이벌 게임으로 느끼기 시작한 것이다.

나는 일단 근처 카페에 가서 끼니를 때웠다. 그리고 지하철을 타고 맨해튼으로 갔다. 아무튼 맨해튼에 가야 한다. 헨리의 집이든 J의 집이든, 내가 뉴욕에서 아는 두 사람 모두 맨해튼에 살고 있으니까. 나는 14번가에서 내려 천천히 북쪽을 향해 걷기 시작했다.

느릿느릿 타임스퀘어 근처까지 걸어간 다음 카페에 갔다. 스트랜드에서 산 테리 이글턴의 책을 읽으며 시간을 때웠다. 저녁이 되었을 때, 나는 J의 집에 가기로 결정했다. 아무래도 아이와 아내가 있을 헨리의 집에 가기엔 눈치가 보였기 때문이다. J에게 연락을 하고 지하철을 탔다. 기말고사 시즌이라 한창 바쁜데도 불구하고 그는 슈퍼마켓에서 이것저것을 사다가 근사한 한국식 식사를 차려주었다.

이제 12시간만 버티면 된다.

다음 날 아침 J의 집을 나와, 지하철역을 향해 걸으며 생각했다. 날은 화창했다. 물론 돌아가 봐야 기다리고 있는 것은 빈대겠지만. 하지만, 다음 일은 그다음에 생각하자. 그리고 나는 그 12시간을 알차게 보낼 수 있는 방법을 알고 있었다. 그것도 공짜로. 무엇보다 흥미진진하게. 그것은 뉴욕의 노동절 행진에 참가하는 것이다. 그렇다, 우연찮게도 그날은 5월 1일 노동절이었다.

나는 말 그대로 하루 종일, 뉴욕의 노동절 행사에 참여했다. 아침부터 밤까지, 브라이언 공원에서 월가를 지나 다시 유니온스퀘어까지 거슬러 오르며 온 도시를 헤매고 다녔다. 메디슨 스퀘어 파크에서 공짜 베이글을 얻어먹고, 스트랜드 서점 앞에서 서점 노동자들의 시위를 구경하고, 유니온 스퀘어에서는 한국에서 온 시위자들을 만났다. 거리는 온갖 곳에서 온 온갖 종류의 사람들로 메워졌다. 그리고 경찰들이 있었다. 나는 태어나서 가장 많은 미국 경찰들을 그날 보았다. 저녁이 거의 다 되어 시위대는 노을이 깔린 월가에 도착했다. 하지만 월가 거리는 이미 경찰들에 의해서 점거되어 있었다. 그럼 이제 어디로 가지? 주코티 공원? 아니, 거긴 아무도 없는데. 모여든 사람들은 허무하게 흩어졌다. 밤 12시가 조금 넘어 나는 지하철을 타고 윌리엄스버그로 돌아왔다. 그날 받은 수십 장의 팸플릿을 가방에 구겨 넣은 채로.

*

안녕, 곤잘레스.

그가 어둡고 피곤한 얼굴로 문을 열어주었다.

*

다음 날 곤잘레스가 방역업체를 불렀다. 다행히 빈대는 내 방 침대에서만 몇 마리 발견된 게 끝이었다. 방역업체 직원은 아마도 내가 뉴욕에 올 때 들른 중국에서 빈대가 묻어온 것 같다고 추측했다. 물론 100퍼센트 확신할 수는 없지만, 그가 덧붙였다. 그는 두어 시간 내 방을 둘러보고 약을 친 다음, 상태가 심각하지 않으니 이 정도면 됐을 거라고, 다시 보러오지 않아도 될 것 같다고, 그러나 혹시 모르니까 1주일 뒤에 한 번 더 들르겠다고 하고는 떠났다. 다음날 곤잘레스가 시내에 나가 빈대퇴치용 침대·베게 커버를 잔뜩 사왔다. 그리고 정말로, 다시는 빈대가 나타나지 않았다. 그것들은 사라졌다. 나타났을 때처럼, 거짓말같이. 사라져버렸다.

*

주말, 겨우 정신을 차린 나는 크레이그 리처즈Craig Richards의 파티에 갔다. 그는 런던의 유명 클럽인 파브릭의 상주 디제이로 2011년에 나온 그의 클럽 믹스 앨범은 내가 좋아하는 전자음악 앨범 가운데 하나였다. 실험적인 면은 없지만, 주말 밤의 떠들썩한 파티에 어울리는 음악을 그만큼 세련되게 직조해내는 디제이는 흔치 않았다. 게다가 이번에 그와 함께 오는 디제이가 르본 빈센트Levon Vincent였다. 그는 뉴욕 출신으로 최근 주목받는 신예였다. 요즘은 뉴욕을 떠나 베를린에서 지내며 작업하고 있는 그는 웬만한 독일 뮤지션보다도 더 독일적인, 거칠고 단순하면서도 댄서블한 음악들을 만들어냈고 그건 딱 내 취향이었다.

뉴욕의 유명한 파티 프로모터 중 하나인 BLK 마켓 멤버십이 주최하는 그날의 파티는 약간은 독특했다. 온라인으로 티켓을 구매한 뒤 메일을 보내면 공연 당일 참석자들에게만 개별적으로 장소를 통지하는 시스템이었다. 도착한 메일에 따르면 그날 파티가 열리는 장소는 소호의 어딘가였다. 나는 밤 12시를 넘겨 느릿느릿 파티 장소로 향했다. 거리는 텅 비어 있었고, 불을 밝히고 있는 것은 근처의 작은 헌책방뿐이었다. 어디에도 파티가 열리고 있다는 징후는 없었다. 나는 지도에 찍힌 화살표를 들여다보며 같은 거리를 빙빙 돌다가 근처 계단에 앉아 있는 남자에게 물었다.

여기가 혹시 크레이그 리처즈가 오는 파티 맞나요?

내 물음에 남자는 지나치게 티가 나게 정색하며 아무것도 모른다는 듯이 세차게 고개를 저었다.

당황한 내가 그곳을 떠나려고 하는 찰나 남자가 다시 물었다. 어딜 찾으시는데요?

나는 메일에 적혀 있는 주소를 댔다. 그러자 남자가 갑자기 환한 미소를 지으며 뒤에 난 문을 가리켰다. 저쪽으로 들어가면 돼요. 그리고 한국어를 덧붙였다. 안녕하세요. 감사합니다.

나는 어리둥절해하며 건물 안으로 들어갔다. 거기는 어딜 봐도 클럽이 아니었다. 그냥 뉴욕 어디든 널려 있는 평범한 건물이었다. 하지만 안으로 들어가자 이미 사람들로 가득했고 노랫소리로 시끄러웠다. 빈 건물 한 층을 임시로 빌려서 꾸며놓고 파티를 열고 있는 것이었다. 그렇다고 해서 불법적인 언더그라운드 파티의 느낌이 들지는 않았다. 그도 그럴 것이 인터넷의 유명한 전자음악 포털사이트에서 홍보를 하고, 티켓을 구입한 사람이면 누구든지 주소를 보내주는 것이다. 그곳에 있는 사람들의 절반가량은 주말 밤을 즐기기 위해 온 20대 중후반의 건실한 사회인들로 보였다. 나머지 절반은 유럽에서 온 관광객들.

새벽 1시쯤, 플로어는 아직 한산했다. 한눈에도 앳돼 보이는 남자애가 다가오더니 내 귀에 대고 속삭였다. Do you want some molly?

What is molly? 내가 물었다.

MDMA. 그가 대답했다.

시끄러워서 잘 들을 수가 없었다.

뭐라고?

MDMA! MDMA! 그가 소리치더니 짜증이 난 표정으로 사라졌다.

구석에는 처음 본 사람들이 마리화나와 코카인 따위를 나누고 있었다. 가족처럼 친근한 분위기였다. 그리고 음악. 호텔 바에서 한 손에 예쁜 칵테일을 들고 여자를 꼬드기는 미끈한 남자처럼, 얄팍하고 세련된 음악이 끝도 없이 이어졌다. 사람들은 조금씩 조금씩 제정신이 아니게 되었다. 늦은 새벽 정신 나간 사람들 속에 있는 것은 좋다. 더 이상 아무것도 신경 쓰지 않는 사람들 속에서, 나는 비로소 마음이 놓인다. 반짝거리는 리본을 매단 머리카락을 바닥에 비벼대는 어반아웃피터스풍 여자애를 바라보며 나는 언제보다 평화로운 상태 속으로 잠겨든다. 흔치 않은 순간. 좋다. 좋고, 아무 문제 없다. 나는 지금 너무나도 평화로우며, 음악은 근사하며, 밤은 이제 시작이고, 그러니까, 그러니까…

새벽 3시, 내 옆에 선 남자가 휘청거리며 경련을 일으키더니 코를 쑤셨다. 바닥에 코피가 뚝뚝 떨어졌다. 그는 계속해서 경련하며, 누구의 도움도 받지 않은 채로 플로어를 빠져나갔다. 이 장면에서 가장 이상한 점은 내가 전혀 놀라지 않았다는 것이다. 음악은 계속되었고, 디제이의 어깨너머 바보같이 단순한 이미지들이 펼쳐졌다. 직선이라든지 네모와 붉은색의 곡선들 따위가. 그것들은 레본 빈센트의 뼈만 남은 사운드 텍스쳐들과 아주 잘 어울렸다. 남자가 사라진 자리, 붉은 핏자국만이 남아 있었다. 조명에 비친 그것은 붉지 않았다. 검다. 아니, 주황색이었다. 어쩌면 그건 피가 아닐지도 모르겠다. 모르겠다. 결국 나는 영원히 그것의 진짜 색깔을 몰랐다. 하지만 진짜 색깔이란 대체 무엇인가.

14.
It was good weather for a riot

문을 열자 고소한 브라우니 냄새가 온 집에 퍼져 있었다. 샘이 부엌에서 인사를 보냈다. 안녕! 안녕! 그녀는 오븐 옆에 앉아 맥북으로 '뉴스룸'을 보고 있었다. 대부분의 끼니를 시내의 근사한 브런치카페와 레스토랑에서 때우는 그녀가 미드를 보며 브라우니를 굽고 있는 광경이 조금은 신기했다.

냄새 좋다.

내가 말했다. 그러자 그녀가 맥북에서 돌아앉으며, 씩 웃었다. 살짝 취한 듯했다. 그녀가 자리에서 일어나 나를 향해 느릿느릿 지껄이기 시작했다.

나 내일 남자친구랑 영화 보러 갈 건데, '다크 섀도우', 이번에 개봉했잖아 팀 버튼 영화, 오, 나, 맞아, 팀 버튼이랑 사진 찍은 적 있다? (그녀가 아이폰을 꺼내 그와 찍은 사진을 보여주었다.) 나 팀 버튼 팬이잖아, 근데 '뉴스룸' 이거 본 적 있어? 되게 재밌어, 1960년대에, 수트를 차려입은 핫한 남자들…. 앗, 브라우니가!

그녀가 작게 비명을 지르더니 오븐을 열었다. 네모난 트레이가 브라우니로 꽉 차 있었다.

끝이 탔어. 그녀가 슬픈 표정을 지으며 브라우니를 들여다보았다.

아아. 그럼 못 먹는 건가?

아니, 먹을 수 있어! 그녀가 강하게 고개를 저었다. 내일 가져가서 남자친구랑 같이 먹을 거야. 그녀가 빛나는 눈으로 말했다. 집에 놓으면 곤잘레스가 다 먹어버릴 테니까…. 그래도 약간은 남겨둬야지. 남자친구랑 영화 보면서 먹을 거야. 다크 섀도우.

그래? 좋겠다. 영화 재밌으면 말해줘!

그래! 그녀가 유난히 별처럼 반짝이는 눈으로 대답했다.

샘은 뭐랄까, 드라마 섹스 앤 더 시티에서 방금 튀어나온 것 같은 타입의 여자였다. 허리까지 치렁치렁하게 기른 페이크 블론드의 머리를 양 갈래로 땋고, 샤넬 가방을 걸친 채, 의기양양한 미소를 지으며 천천히 동네 거리를 가로지를 때 특히 그랬다. 나는 뭐랄까, 공주님의 행차에 따르는 시녀가 된 느낌이었다. 우리는 저녁을 먹으러 보주에 가는 길이었다. 보주에 도착한 그녀는, 허리를 꼿꼿이 세우고 앉아, 메뉴판을 들여다본 다음 엄청나게 많은 양의 음식을 주문했다. 그리고는 살이 찐다며 주문한 음식의 절반가량을 내 접시 위에 차곡차곡 쌓았다. 그리고 내가 쓴 소설의 줄거리를 들려달라고 했다. 나는 내가 쓴 첫 번째 장편소설의 줄거리를 들려주었다. 한참을 지루하게 듣던 그녀는 결말에서 주인공이 친구를 칼로 찔러 죽인다는 소리에 반색하며 외쳤다. That's fucking cool!

며칠 뒤 이른 오후 샘은 두통에 시달리는 표정으로 집으로 돌아와 곧장 욕실에 처박혔다. 몇 시간 뒤 나는 그녀를 배드포드역 근처에서 마주쳤다. 그녀는 약간 어리둥절한 표정으로 두리번거리고 있었다.

앗, 안녕, 샘, 여기서 뭐해?

오, 안녕. 그녀가 계속 두리번거리며 말했다. 가기 전에 샴페인을 한 잔 마셔야 돼.

샴페인? 왜? 어디 가는데?

어디에서 샴페인을 팔지? 두리번거리던 그녀의 시선이 한 카페 겸 바에서 멈춰 섰다.

저기서 마시면 되겠다. 그녀가 빠른 속도로 멀어지며 외쳤다. 안녕, 나중에 봐. 좋은 하루!

*

5월도 중반쯤 접어들어, 나는 이 동네에 약간은 익숙해진 나를 발견한다. 같은 거리를 걸어 같은 카페에 간다. 같은 것을 주문한다. 커피에서는 같은 맛이 난다. 환하게 웃는 카페의 직원이 내 이름을 기억한다. 나는 여전히 잠이 덜 깬 채 커피를 마시며 주문한 BLT 샌드위치를 기다린다. 1주일째 같은 메뉴를 주문한 탓에 요리사가 나를 BLT 샌드위치의 광팬으로 여긴다. 하지만 나는 단지 귀찮을 뿐이다.

어제는 클라이먼 부부가 이끄는 마르크스주의 휴머니스트 이니셔티브(Marxist-Humanist Initiative, 줄여서 MHI)라는 마르크스주의자 모임이 주최한 세미나에 갔다 왔다. 노동절에 알게 된 모임이다. 세미나가 끝나고 케이타운 근처의 베트남 식당에 저녁을 먹으러 갔다. 클라이먼 씨가 '애니홀'의 대사를 인용했고, 내가 말했다. 그거 '애니홀' 아니에요? 그러자 그가 놀라 말했다. 너는 어떻게 네가 태어나기도 전에 나온 영화를 아니?

그러게요. 나는 대답했다.

어디에 사세요? 또 다른 사람이 물었다.

윌리엄스버그요. 나는 대답했다.

오, 좋은 데 사시네요.

네, 그러게요.

사람들이 말하길, 윌리엄스버그는 숙제가 없는 대학교 캠퍼스래. 또 다른 사람이 말했다.

그건 맞다. 나는 날씨 좋은 방학에 UC버클리 캠퍼스타운에 살고 있는 듯한 느낌이다. 물론 거기가 더 좋지. 거기는 캘리포니아잖아. 어, 오렌지 동네.

아파트에는 밀라노에서 온 아트딜러가 1주일째 묵고 있다. 그는 마땅히 묵을 데가 없다며 샘과 같은 방, 샘과 같은 침대에서 자고, 그걸 알게 된 샘의 남자친구는 화가 났다.

샘이 그 아트딜러가 가져온 화집을 펼쳐놓고 나른하게 말한다. 나, 이 그림이 좋아. 뭐랄까. 보고 있으면 치유받는 느낌이 들어.

*

곤잘레스가 말했다. 결국 인간은 어디나 똑같아. 그는 토할 정도로 많은 곳을 여행했으며 그 결과로 그것을 깨달았다고 한다. 내 아버지도 비슷한 말을 한 적이 있다. 토할 정도로 많은 경험을 한 다음 지극히 단순한 깨달음에 도달하기. 아무튼, 맞는 말이다. 어디든 좋은 사람은 좋고, 나쁜 사람은 또 비슷하게 나쁘다. 좀 더 잘 배우고 돈이 많은 사람들은 겉보기에 고상하고 우아해 보이지만, 안에 들어 있는 것은 교육과 자본과 아무 상관없다. 진정한 고귀함은 흔하지도 않고, 랜덤이다. 운과 같다. 막상 고귀한 상대를 만난다고 해도 알아보기는 쉽지 않다. 좋은 사람을 만나고 싶다. 그런 사람을 알아보는 눈을 갖고 싶다. 아니, 좋은 사람이 되고 싶다. 그러고 싶다.

*

한동안 잊고 지내던 두통이 찾아와 괴로웠다. 잘못된 폭격명령을 전달받은 전투기들처럼, 보이지 않는 전투기들이 내 머리 위로 몰려와 보이지 않는 폭탄을 퍼붓고 또 퍼부었다. 도무지 잠을 잘 수가 없었다. 뭔가 벌어지고 있는 게 아닐까, 내 머릿속에서.

나는 죽음에 대해 생각하기 시작했다.

가만히 침대에 누워 천장을 보면, 내 몸이 침대 밑으로 가라앉는 것이 느껴진다. 산 채로 침대에 매장되는 듯한 느낌. 나는 살기 위해, 아니 그저 뭐라도 해보려고, 이불 밖으로 기어나간다. 노트북을 챙겨 카페로 간다. 아무 감정도 느낌도 없다. 오직 두통이 느껴진다. 너무나도 선명하여 손을 뻗으면 만질 수 있을 것만 같다. 말을 걸면 입을 열지도 모른다는 생각이 든다. 그 고통이, 나를 향해 엄청난 말들을 늘어놓을 것 같다. 하지만 안 된다. 그러면 진짜 미치는 거지. 다행히 아직은 미치지 않았다. 게다가 살아 있다. 문제는 두통이 나보다 더 살아 있는 듯이 느껴진다는 것이다.

글을 쓸 때 두통이 잠시 멈춘다. 잠시, 그것을 잊는다. 하지만 노트북에서 눈을 떼면 다시 기다렸다는 듯 두통이 몰려온다. 나는 눈을 감는다. 다시 뜬다. 지금 내 뇌를 움켜쥐고 있는 손을, 다시 말해 두통을 느낀다. 그것 외에 내가 할 수 있는 것은 없다. 나는 아프다. 나는 몹시 아프다.

*

1주일 뒤 나는 집 근처 공원 잔디 위에 누워 있다. 두통이 사라졌다. 마치 빈대처럼. 불쑥 나타나 나를 몹시 당황하게 만든 다음 훌쩍 떠나

버렸다. 아니 적어도 지금은 그렇다. 머리가 아프지 않다는 건 이상한 느낌이다. 내 앞으로 커다란 남자가 커다란 흰 개를 끌고 지나간다. 하늘은 방금 빤 듯 깨끗하다. 문득 생각한다.

떠난 뒤 나는 이곳을 그리워하게 될까?

이 유행으로 가득한 비싼 도시를? 모르겠다. 하지만 돌아오게 될 것 같다. 왠지 그럴 것 같다는 생각이 든다. 다시, 또, 다시. 내 의지와는 상관없이. 어, 운명처럼. 돌아오게 될 것 같다 여기,

좋은 커피와 나이스한 젊은이들의 동네로.

이 모든 나이스한 젊은이들과,
이 모든 나이스한 쓰레기들과,
아, 정말이지 폭동을 일으키기 좋은 날씨.

*

그리고 배드포드길의 값싼 헝가리 식당. 더하기 값싼 1980년대 음악. 더하기 내가 모르는 외국어. 더하기 쓰디쓴 커피. 더하기 몸에 몹

시 해로울 것 같은 빛깔의 감자튀김. 빼기 두통. 어, 빼기 두통.

*

앤드루 클라이먼 교수에게 저녁식사 초대를 받아 그의 집을 방문했다. 그는 페이스 대학의 경제학과 교수로 두 권의 책을 냈고, 두 번째 책 《자본주의 생산의 실패》가 한국어로 번역될 예정으로, 6월에 열리는 '맑스꼬뮤날레'에 참석하기 위해 곧 한국으로 출국할 예정이었다.

클라이먼 부부는 맨해튼의 자연사박물관 근처에 있는 고풍스러운 브라운스톤 아파트에 살고 있었다. 유럽풍으로 소박하게 꾸며진 실내에는 클라이먼 씨의 아버지가 그린 그림이 여기저기 걸려 있었다. 내가 집이 근사하다고 칭찬하자 클라이먼 씨가 집의 거실 바닥이 기울었다고 투덜거리며 연필을 집어들었다. 그가 그것을 가만히 바닥에 내려놓았고, 그리고, 연필이 데굴데굴 굴러가기 시작했다. 우와, 나는 놀랐다. 봤지? 봤지? 클라이먼 씨가 외쳤다. 부엌에 있는 그의 아내가 그만두라고 외치기 시작했다.

건물이 기울어진 건 아니고 바닥이 잘못 깔린 거야.

그가 말했다.

19세기엔 이 동네가 슬럼가였거든. 있어 보이려고 유럽식 이름을 붙여서 대충 지은 싸구려 아파트인 거지.

클라이먼 씨의 시니컬하면서도 초딩 같은 유머는 내 취향이었다. 예를 들어 저녁식사 약속을 잡으려고 전화통화를 했을 때 그가 혹시 먹지 못하는 것이 있느냐고 묻기에 나는 대답했었다.

개는 안 먹어요. 개를 키우거든요.

우리 집에서는 토마토를 안 먹어. 토마토를 키우거든.

그리고 우리는 수화기 양편에서 한참을 낄낄거렸다.

저녁을 먹고 나서 클라이먼 씨는, 고양이들에게 둘러싸인 채 즉석에서 헤겔변증법 강의를 시작했다. 외국어로 된 복잡한 이야기에 나의 뇌는 천천히 기능을 멈추기 시작했고…, 이야기 중간중간 내어놓는, 마르크스주의 경제학자로서 그의 미래전망은 어두웠다. 그런 그는 미국인 같지 않아 보였다. 그의 집안 풍경만큼이나. 시니컬한 자학개그에 통달해 있는, 비관적이며, 취향 좋은 좌파 미국인. 그것은 정말이지 미국적이지 않았다. 아마도 뉴욕적이다.

이건, 그냥 책이 아니야. 내 인생이라구.

그가 그의 첫 책 《마르크스 자본론을 다시 주장한다 Reclaiming Marx's Capital》를 품에 껴안은 채 말했다.

나는 그에게 지금 쓰고 있는 소설의 줄거리를 들려주었고, 그러자 그는 입에 발린 감탄 하나 없이 말했다. 그거 되게 전통적인 유럽소설 같은 구성이군. 그런데 어차피 요새는 소설 같은 거 안 팔려. 자기계발서라면 모를까.

돌아오는 길 그가 지하철역까지 함께하며 동네의 관광명소들을 보여주었다.

저기가 존 레넌이 저격당한 곳이야. 아직도 오노 요코가 살고 있을걸?

그가 한 건물을 가리켰다. 입구에 촛불이 일렁이고 있는 위압적인 건물이었다.

아아. 존 레넌이 죽었을 때 뉴욕에서 사람들 반응이 어땠어요?

난 그때 존 레넌이 누군지도 몰랐지 뭐냐.

*

집 근처 카페에서 소설의 초고를 끝냈다. 집으로 돌아오며 생각했다. 제대로 끝을 낸 건가? 모르겠다. 아니, 안다. 이건 실패다. 하지만 최선이었다. 정말? 어쩌면 이게 내 한계다. 아마도 나는 끝났다. 또 다른 기회가 있을까? 있다고 해도, 내가 그걸 받아들일까? 어쨌든 삶은 흘러가고, 거기에 대해서 내가 할 수 있는 일은 없다. 하지만 다행히도 글은 삶이 아니다. 고칠 수 있다. 더 낫게 할 수 있다. 그럴 수 있다. 이건 삶이 아니다. 몇 번이고 다시 할 수 있다. 하지만, 정말이지, 더 나을 수는 없었나?

*

맨해튼 남부의 아웃도어 클럽, 밤바다 내음 속 맨발로 모래를 밟다가 생일이 되었다. 새벽 3시 텅 빈 월가, 초기 뉴욕의 흔적을 더듬다가 길을 잃었다. 괜찮았다. 거리에는 덩치 좋은 세이프가드들로 가득했으니까. 택시를 잡아타고 집으로 돌아왔다.

*

창밖으로 보이는 잠든 도시와 반짝이는 다리의 풍경은 새벽녘의 택시, 한강의 풍경과 별반 다르지 않았다.

*

더 이상 젊지 않다.

*

다음 날은 J와 함께 케이타운에서 시간을 보냈다. 삼겹살을 먹고, 파리바게트에서 생일케이크를 샀다. 노래방에 가서 1990년대 한국의 유행가를 잔뜩 불렀다. 끝으로 타임스퀘어에 있는 카페베네에 가서 생일의 마지막 1시간을 흘려보냈다.

*

여름이 왔다.
곤잘레스가 내 방에 금성 에어컨을 설치했다.

*

날씨가 좋은 주말이면 아파트의 옥상에서 파티가 열린다. 그리고 몇 주째 뉴욕의 주말 날씨는 끝내준다. 집으로 돌아오자, 옥상에서 꺅꺅

거리는 소리가 들려왔다.

까 이 노래는 구찌 같아 까 구찌의 블랙 드레스를 입고 까 이렇게 춤을 까

그것은 샘의 목소리다.

나는 동부가 좋아. 서부는 너무 가식적이야. 동부가 좀 더 에너지가 넘치고 직설적이지.

샘의 친구가 말한다. 그녀는 뉴욕에서 태어나고 자랐다.

맞아, 적당히 늘어지게 히피처럼 살 수 있는 동네가 아니지.

나는 동의한다. 그리고 생각한다. 피곤해. 서울 같아. 물론 미국이지.

*

아,

난 참 비싼 어항 속에 들어 있군.

근사하게 차려입은 사람들로 가득한 업타운의 한 바에서 문어다리를 씹다 문득 생각한다.

거리로 나가면 끝도 없이 이 거리, 브로드웨이가 펼쳐져 있을 것 같

아(물론 그것은 사실이다. 맨해튼에 한하면).

아니 맨해튼 너머로, 어디까지나, 영원히, 이 튼튼하고 반짝반짝한 어항이 펼쳐져 있을 것 같다.

한국이든 어디든, 어디로든 어디까지라도 영원히.

물론 그건 환상이다.

하지만 나는 그 환상 안에 있고, 어느 때보다 깊숙이, 아, 이 안에서 대체 뭘 할 수가 있겠어.

나는 끝없이 펼쳐진 브로드웨이에 대한 환상을 머리에 인 채 묵묵히 문어다리를 썬다. 그것을 입에 넣고 삼킨다. 그것은 맛이 있다.

*

파티는 롱아일랜드시티에서 있었다.

정신을 차려보니 나는 어퍼웨스트사이드에 있었다.

벽에 걸린 앤디 워홀의 '마오'가 흔들린다. 단호히 고개를 젓듯.

不是! 不是! 不是!

*

어느 날 밤 집에 돌아오면 부엌에는 샘과 샘의 친구 그리고 그녀의 어린 남자친구가 있다. 커다란 골든레트리버처럼 해맑은 느낌의 그가 여자친구를 위해 코카인을 한 줄로 늘어놓고 있다.

*

화이트컬럼의 전시회 오프닝 파티. 갤러리는 사람들로 가득했고 그들 모두 크리스털 잔처럼 반짝거렸다. 예쁘거나, 핫하거나, 쿨하거나, 혹은 위어드하고 위트 있는 차림새의 사람들. 온갖 종류의 젊은이들. 그들을 구경하는 것이 갤러리에 걸린 작품들을 구경하는 것보다 재밌다. 젊고, 예쁘고, 영혼이 필요 없는 순결한 살갗들.

여긴 정말 힙스터들이 많군. 함께 간 영국인 큐레이터가 말했다.
여긴 정말 아시아인들이 많군. 역시 함께 간 이탈리아인 미술가가 말했다.
나 방금 미셸 윌리엄스를 봤어. 또 다른 누군가가 말했다.

우와, 정말? 어디?
여기에 있는 애들을 삽으로 퍼다 서울에 갖다 놓을 수 있다면. 나는 생각했다. 그러면 서울이 좀 더 보기 좋은 도시가 될 텐데. 한 손에 맥주를 든 채 어지러운 갤러리 안을 헤매다니며 나는 투덜거리기 시작했다. 이건 H&M 같군. 저건 유니클로, 어, 저건 망한 어반아웃피터즈.

자라는 없나? 나는 계속해서 투덜거리고, 한편 옆에 있는 캐나다인 큐레이터의 표정이 몹시 좋지 않다.

나가자.
그래.

그리고 집으로 돌아오면 역시나 옥상에서 파티가 열리고 있다.

씨발! 개새끼들! 좆!

익숙한 한국어에 고개를 돌려보니 캘리포니아에서 온 재미교포가 술에 취해 한국어로 욕을 하고 있었다. 곤잘레스의 여자친구는 술인지 약인지에 떡이 되어 해맑게 웃고 있었다. 어떤 여자는 힙스터에 대해서 횡설수설하고, 그 옆의 여자는 로스앤젤레스의 교통난에 대해서 끝없이 푸념했다. 내 앞에 있는 남자는 한국에서 영어 강사를 했었다고 말했다. 나를 바라보는 그의 표정은 굉장히 해방촌. 곧 샘이 한 남자와 함께 도착했다. 남자친구와 헤어진 뒤 새로 데이트 중인 남자였다. 둘은 롱아일랜드에서 열린 승마대회를 보고 오는 참이었는데, 샤넬의 모자와 구찌의 드레스를 차려입은 그녀는 어느 때보다 우아해 보였고, 그런 그녀에게 남자가 완전히 빠져 있는 것이 느껴졌다.

이른 밤, 비가 내리기 시작했고, 서둘러 파티가 끝났다. 끝이 아쉬운 사람들과 함께 동네 술집으로 몰려갔다. 바에서는 1950년대 노래가 나오고 있었다. 빈티지 드레스를 입은 여자애들이 양손을 맞잡고 춤을 췄다. 비-트, 앨-런-긴-즈-버-그. 내 머릿속에서 누군가 속삭였다. 잭-케-루-악, 빅-서. 아니, 이것들은 모조품. 나는 진토닉을 집어들었다. 더럽게 맛이 없었다. 누군가 손을 뻗었다. 그 손을 잡지 않았다.

*

시내의 한 새우가게. 라스베이거스의 정신으로 만든 컵에 담긴 레모네이드를 마셨다. 컵은 멈추지 않고 번쩍거렸다.

*

캣 마넬이라는 미친 여자 덕에 뉴욕 다운타운이 온종일 떠들썩했다. 난 일하는 것보다 르 뱅Le Bain의 옥상에서 마약을 하고 노는 게 더 좋은걸! 잘나가는 뷰티에디터의 해맑은 선언. 샘이 고개를 절레절레 흔들며 기사를 읽어주었다. 그녀는 곧 직장에서 잘렸고, 〈바이스 매거진〉에 마약 칼럼을 쓰기 시작했다고 한다.

*

샘의 초대로 우디 앨런의 새 영화 '로마 위드 러브' 시사회에 갔다. 미쳤고 의미 없고 냉소적이며 달콤했다. 완성도와 상관없이 마음에 들었다. 우디 앨런은 행복한 인생을 살고 있는 것 같다. 결정적인 뭔가가 빠진 듯한 느낌이, 뭔가 회복 불가능하게 파괴되어버린 느낌이 들었지만. 영화 속 한 장면은 낮에 샘이 보여준 할리우드 여배우의 파파라치 동영상을 떠오르게 했다. 그녀는 뭔가에 잔뜩 취한 채, 완전히 망가진 채였고 그런 그녀의 곁에는 파파라치들이 하이에나 떼처럼 달라붙어 있었다. 끔찍한 장면이었다. 하지만 우디 앨런 영화에 따르면, 인생은 길고 그런 바보 같은 시절도 한 시절에 불과하다. 유명하고 끔찍한 삶이 끔찍하고 안 유명한 삶보다는 낫지 않은가? 그게 '애니홀'의 주제가 아니었나? 아니었나?

*

그리고 남은 시간은 대체로 미술관과 갤러리에서 보냈다. 어퍼이스트에 있는 고급 갤러리에서 브루클린 슬럼가에 있는 창고 같은 갤러리까지 닥치는 대로 갔다, 봤다. 작업들은 대체로 네 가지 경향 안에 들어 있었다. 첫째, 사회학적인 작업들. 통계를 동원하며 사회학자를 흉

내 내는 얼치기들. 학자가 되기엔 무식하고, 예술가가 되기엔 재능이 부족한. 둘째로 발칙한 힙스터 장르가 있다. 유니클로나 H&M의 티셔츠로 쓸 만해 보이는. 세일가 6달러에 사면 그다지 손해 보는 느낌은 아닐 거야, 응? 셋째로는 숭고미를 추구하는 전후 미니멀리즘. 보고 있으면 마음에 평화가 찾아온다. 영원과 죽음에 대해 고찰하게 된다. 그야말로 보수적인 세계관. 과학을 사랑하며, 형식미가 있고 절제되어 있다. 예식을 닮기를, 하여 불멸이 되기를 바라는 야심이 거기 있다. 마지막으로 유럽에서 온, 귀요미 공공미술의 세계. 그리고 나는 그 어느 것도 마음에 들지 않았다. 뭐가 문제일까? 재현의 실패? 표상불가능? 아니, 이미 아무도 그런 구식 문제에 관심이 없다. 그런 것에 여전히 집착하는 것은 늙은 백인 학자들과 오타쿠 대학원생들뿐이다. 그럼 이제 뭘 생각해야 하지? 더 이상 생각할 필요가 없나?

그렇다고들 한다.

한편 문학은 어떤가? 애플이나 삼성같이 세계적인 브랜드가 되어버린 유명 문학가들은 막다른 골목에 갇혀 나올 생각을 하지 않고 나머지는 대중주의를 보편성과 혼동하고 있다. 누구도 지금 여기의 혼란을 포착해낼 새로운 언어를 발명해내는 데 관심이 없다. 다들 인자하게, 추하지 않게, 늙어가기를 원할 뿐이다. 모든 게 멈춰 있고, 그러나 한편에서는 불운한 사람들이 모두의 고통을 떠맡은 채 망가져가고 있으며 그것은 냄새나고 더럽고, 못생겼고…, 한마디로 가까이하기 싫다. 재능 있는 사람들은 모두 죽어버렸고. 그러니 지금 이 순간 흥미로운 것은 암페타민에 절어 주절거리는 캣 마넬의 바이스 칼럼들뿐. 그것들이, 맥북 화면 속에서 빛나며, 내 앞에 놓여 있다. 나는 멍하니 그것들을, 그 쓰레기같이 나열된 단어들을 응시한다. 그것들은 아무것도 말하지 않는다. 그저 비명을 지를 뿐. 어떤 의미도 만들어내지 못한다. So what do you want? Adderall? Xanax? Prozac? Fucking Klonopin?

*

그리고 기억나는 것. 옅은 어둠에 덮인 갈색 소호 거리. 떨리던 창백한 손. 거기 들린 담배. 벽에 비치던 그림자. 그 벽은 검은색이었나 붉은색이었나. 이야기들, 나누었던. 이제는 완전히 잃어버렸지만. 그 기분만은 남아 있어. 그것만은 남아 있어. 손에 잡힐 듯하던 그 빛. 아주 잠깐의 반짝거림. 그리고 어둠. 좋았어, 그 순간. 좋았어, 그 밤. 그 어둠.

*

지나간 것들, 닫히는 시간들.

말로 할 수 없는 것들.

그리고 다음 장면.

자, 다음 장면.

U.S.
PLA
WARNING

ST OFFICE
STATION
N.Y. 11101

15.

미국의 맛

나는 창가에 선 채 어둠이 깔린 거리를 환하게 밝힌 허슬러 스트립바 간판을 바라보고 있다. 내가 저길 갈 수 있을 것인가. 그런데 왜 저기에 가야 하는가. 물론 갈 수 있기 때문이다.

'프로메테우스'에 나온 대사, 할 수 있으니까 했다.

우디 앨런 새 영화에 나온 또 다른 대사, 안 해도 후회하고 해도 후회한다면 하고 후회하는 게 낫다.

거기에 프랜시스 베이컨의 말을 덧붙이면, 결국 모든 것은 운이고, 나는 운이 좋았다.

세 가지를 종합하면, 내가 무슨 짓을 하든 괴물이 되거나 앞으로밖에 달려갈 줄 모르는 금발 여자가 든 화염방사기에 의해 불타 죽는 일은 벌어지지 않을 것이다.

왜 저 세 가지가 이런 식으로 종합되는지는 나도 모르겠다. 아마도 맥주를 너무 많이 마셨다.

시에라네바다 페일 에일을 몇 팩 사다 냉장고에 넣어 놓고 밤마다 한 병씩 마신다. 이 맥주에서는 꽃무늬 맛이 난다. 꽃무늬 맛이 저급하지 않기는 어렵다. 알록달록한 귀걸이가 싸구려처럼 보이지 않기가 어렵듯이. 어쨌든 좋은 꽃무늬 맛은 좋다. 포르투에서 매일같이 마셨던 그린와인, 값비싼 샴페인에서 느낄 수 있는 그런 맛. 좋은 사케나 막걸리에서도 비슷한 맛이 난다. 꽃무늬 향도 좋다. 내가 좋아하는 꽃무늬 향은 여름밤의 시원하면서도 관능적인 꽃무늬. 길가에 늘어선 재스민 나무 아래 흐드러진 술판 같은 향기. 혹은 모차르트의 피아노 소나타….

해가 지지 않는다.

캘리포니아, 특히 샌프란시스코의 베이bay 지역은 우월하지만, 나는 여전히 동부 정서에 찌들어 있다. 로스앤젤레스에서부터 계속되는 높고 부드러운 서부식 억양이 신경을 거스른다. 사람들의 목소리를 한 옥타브씩, 빨랫줄을 잡아당기듯 끌어내리고 싶다.

낮에는 캘리포니아의 햇살을 받으며 캘리포니아라는 제목의 노래를 들으며 캘리포니아라는 이름의 거리를 걸으며 생각했다. 왜 나는 인생을 통해서 사치와 낭비와 쾌락을 배웠는가. 부자도 아닌데. 어쩌자고.

진짜 쓸데없는 생각.

같은 방을 쓰는 K는 호주에서 왔다. 그녀는 대학에서 디자인을 전공하고 있으며 채식을 하고 패티 스미스를 읽는다. 빈티지 드레스를 차려입은, 아기새처럼 통통한 그녀는 웨스 앤더슨 영화에서 방금 튀어나온 것 같다. 우리는 음악 취향이 맞아서, 그리고 우디 앨런의 이야기를 하다가 친해졌다. 스물한 살 생일을 1주일 앞둔 그녀를 위해(미국에서는 21세 미만은 술을 살 수 없다) 시에라네바다 페일 에일을 한 팩 사다주었다.

*

피셔맨즈 워프에 갔다. 클램차우더를 먹은 뒤 바다를 따라 난 길을 걷자 언덕에 닿았다. 멀리 구름 속에 숨은 골든게이트 브리지가 보였다. 케이블카를 타고 언덕들을 가로질렀다. 서점에서 데이비드 포스터 윌러스의 인터뷰집을 샀다. 카페에 들어가 책을 폈다. 앞에 앉은 남자는 아이폰으로 끊임없이 문자를 보내고 있었다. 스피커에서는 2000년대 초반에 유행했던 음악이 흘러나왔다. 그리고 데이비드 포스터 월러스, 그가 미국에 대해서 말하고 있었다. 내가 아는 가장 윤리적인 미국인. 그는 말했다. 물고기로서, 물을 의식함을 게을리해서는 안 됩니다. 하지만 물고기로서, 끊임없이 물을 의식하는 것은 익사를 낳지 않는가? 끊임없는, 두려움 없는, 죽음에 대한 생각은 한 인간의 정신을 깊은 물 아래로 끌어당기지 않는가? 모르겠다. 그는 2008년 자살했다.

*

샌프란시스코라는 제목의 짧은 이야기를 쓰고 있다.

*

L을 만났다. 샌프란시스코는 뉴욕의 더러운 버전이지. 그녀가 말했다. 나는 내 소설의 줄거리에 대해서, 그리고 요즘 읽고 있는 데이비드 포스터 월러스에 대해서 이야기했다. 그녀가 수첩을 꺼내 데이비드 포스터 월러스의 이름을 적었다. 카페를 나와 그녀의 스쿠터를 타고 다운타운을 가로질렀다. 샌프란시스코의 새하얀 언덕들을 오르락내리락. 종일 너무 많은 것을 했는지 밤이 되자 배탈이 날 것 같았다. 슈퍼

마켓에 들러 레몬맛 요거트를 샀다. 주인 여자가 잔돈을 거슬러주며 요거트는 몸에 좋다고 했다.

*

꿈에서 나는 커다란 타월을 두른 채 텅 빈 바워리 거리를 달리고 있었다. 울부짖으며, I am high, I am so fucking high…. 경찰이 다가와 물었다. On what, lady? On fucking what you young lady? 그것은 늦은 새벽, 혹은 이른 아침이었다. 보지 않는 채로 나는 해가 다가오는 것을 느낄 수 있었다. 꿈이었으므로 나는 많은 것을 보지 않은 채로 느낄 수 있었다. 그리고 곧 도시는 소음으로 가득 찼다. **도시는 소음으로 가득 차 있다.** 한때 나는 그것을 사랑했다. 사랑했고, 사로잡혔고, 외쳤고, 울었고, 썼고, 만들었고, 껴안고, 입 맞췄다. 하지만 이제 나는 침묵을 원한다. **하지만 이제 나는 침묵을 원한다.** 나는 소음으로 가득한 거리가 싫다. 비명과 광고와 대답과 질문과 여행객과 히피와 상점으로 가득한 그 거리가. 왜냐고? 거긴 오직 슬픔뿐이니까. 오직 베개를 적시는 눈물뿐이니까. 하지만 안다. 이게 내가 가진 전부라는 걸. 이게 내가 살아온 삶이라고. 그리고 삶은 피할 수 없다. 그러니 이 거리를 통과하여 살아가야 한다. 살기를 원한다면. 하지만 도대체 삶이란 뭔가? 사람들은 더 이상 살지 않는다. 소유한다. 하여 우리는 많은 것을 갖게 되었다. **이미 우리는 너무 많은 것을 지나치게 충분하게 갖고 있다.** 하지만 누구도 자신에게 진짜 필요한 것이 뭔지를 모른다. 왜냐하면 우리는 단지 소비자일 뿐이니까. 우리는 그저 소모하기 위해 태어났으니까. 그게 우리들의 삶이다. 그저 쓰레기통에 처박기 위해. 불태워버리기 위해, 모든 것을. 우리는 살아가고 있다. 우리는 산다. **산다.** 판매자들을 위해. 그게 사랑이고, 우정이고, 효이며…, 그게 우리가 아는 **관계들**이다(나는 너를 사랑한다, 하여, 산다, 너를?). 그러니 나한테 정말로 필요한 게 뭔지 어떻게 알 수 있겠어? 어떤 게, 도대체 뭐가 나한테 필요한지를 어떻게 알 수 있겠어? 외롭지 않기 위해, 괜찮기 위해, 좋아지기 위해, 대체 얼마나, 얼마나 많은 것들이, 우리에게 필요한지를, 도대체, 어떻게, 우리가,

*

지루한 설거지의 순간 누군가 음악을 틀었다. 그건 팔십 년대에서 온 멋진 댄스음악이었다. 우리들을 둘러싸고 있던 지루함의 커튼이 산뜻하게 걷어졌다. 나는 감탄했다. 음악의 존재이유를 알 수 있었다. 그러니까 그건 일종의 커튼 같은 거다. 삶의 지루함을 메워줄 예쁜 벽지, 늘어뜨린 커튼, 꽃무늬 식탁보….

지루함 = 죽음

설거지를 끝내고 아이폰을 꺼내 스피커에 가져다 대었다. 노래의 곡명이 화면에 떴다. 나는 맥북을 켜고 그 노래를 검색해 다운로드했다. 나는 오늘 하루를 그 노래를 들으며 보낼 것이다. 그것이 나의 오늘의 하루치 커튼이다. 이 커튼으로 오늘 하루, 위험한 권태의 순간들을 방어해낼 것이다.

죽음 = 권태

그렇다면 삶이란 무엇인가. 그것은 즐거움이다. 그리고 나는 미국 서부에서, 어느 때보다 그것에 가까이 다가왔다는 것을 느꼈다. 드럭스토어에 가득 쌓인 진통제들, 가판대의 싸구려 잡지들, 인 앤 아웃의 간판을 볼 때마다 나는 내가 뭔가의 핵심에 닿았음을 느꼈다.

순수한 즐거움.

어, 미국.

그런데 나는 미국화되었는가? 고작 3개월 만에? 의미 없는 질문이다. 미국은 어디에나 있다. 하여 피할 수 없다. 물고기에게 물처럼. 그렇다면, 미국이 사라지면 우리는 죽는가? 그럴 리 없다. 그것은 단지 미국의 결여일 뿐이다. 그리고 지금 이곳은 미국으로 가득 차 있다(결여의 결여). 당연하다. 여기는 미국이니까. 쾌락의 추구가 지상목표인, CVS의 나라. 그것은 한국의 꿈이며, 어쩌면 이미 실현된 꿈인지도 모르겠다. 우리들이 모르는 사이에.

천국은 이미 우리 곁에 있다.

*

마지막 날. 북쪽 바닷가에 갔다. 바다를 걷고, 피셔맨즈 워프를 구경한 다음, 인 앤 아웃 버거에 갔다. 햄버거를 먹고 콜라를 들이켰다. 설탕 맛이 났다. It tastes like sugar. 어, 미국의 맛. 돌아오는 길, 배터리 길에서는 페브리즈 냄새가 났다. It smells like America, yes, America.

후기

이상할 정도로 잘 통했던 한 친구는 오래전 한국을 떠나 돌아오지 않았다. 그땐 그다지 괴롭지도 슬프지도 않았다. 아니 어떻게 반응해야 할지 몰랐다는 게 맞다. 5년 전 겨울, 우리는 서베를린의 한 중국 식당에 있었다. 촛불과 와인, 완탕수프를 앞에 두고 나는 내가 4년 뒤에 쓰게 될 소설에 대해서 처음으로 말을 꺼냈다. 꿈같은 저녁이었다.

그것 외에도 크고 작은 행운이 있었다. 나누었던 밤들, 이야기들. 그것들이 사라졌다는 사실이 믿어지지 않는다. 여전히 그런 것들이 존재할 거라고 믿을 정도로 어리지도 못하다. 아니, 그런 것들이 모여서 뭔가 굉장한 것을 만들어낼 거라고 생각할 정도로 순진하지가 못하다. 그렇지만, 꿈에서 갓 깨어난 사람에겐 정신을 차릴 시간이 필요하다.

어쩌면, 그것이 지금 나에게 필요한 것이다. 그러나 솔직히 말해, 아직도 같은 꿈속에 들어 있다. 그것이 나를 어디로 데려가지 않을 거라는 걸, 기적 따위가 아니라는 걸, 특별한 경험이 아니라는 걸 안다. 신기루처럼 반짝이던 꿈같은 장면들, 그것만으로는 아무것도 되지 못한다는 걸 안다. 하지만 여전히 같은 꿈속에 들어 있다.

여전히 같은 꿈속에 들어 있다.

저자소개

김사과

1984년 서울에서 태어났다. 한국예술종합학교 서사창작과를 졸업했다. 2005년 단편소설 '영이'로 제8회 창비신인소설상을 수상하며 데뷔했다. 지은 책으로는 장편소설 《미나》, 《풀이 눕는다》, 《나b책》, 《테러의 시》, 《천국에서》가 있고, 단편집 《02》가 있다. 2013년 《미나》가 프랑스어로 번역되었다.